光る君と謎解きを
源氏物語転生譚

日部星花

宝島社
文庫

宝島社

光る君と謎解きを
源氏物語転生譚

［目次］

光る君と謎解きを　源氏物語転生譚

序章

おくと見るほどぞはかなきともすれば風に乱るる萩のうは露

人生つまんないなと、この頃よく思う。

天井にろくな照明がなく、ベッドサイドとテーブルに備え付けられたランプの心許《こころもと》ない灯りしかない、薄暗いビジネスホテルの一室。

紫乃《しの》は、ぼんやりと今日の面接の惨敗ぶりを思い返しながら、小さいテーブルに突っ伏した。

東京での就職活動のため、連泊でホテルをとって、何日が経《た》っただろう。いまだ面接で、これといった手応えはない。一日中面接の緊張感に晒《さら》されていた紫乃は、正直言って安いビジネススーツを着替える気力すらなかった。

「最悪……」

友人たちのＳＮＳを見ていると、就職活動を終え、夏を満喫している写真ばかりで憂鬱になる。紫乃といえば、首元までぴっちりとボタンを留めたブラウスに真っ黒なタイトスカートにストッキングという堅っ苦しい恰好《かっこう》で毎日、暑い中面接会場までえっちらおっちら歩いているというのに。

「民間にしておけばよかったかなー……」

紫乃は安定してそうだから、と、それだけの安易な理由で公務員を就職先に選んだ。民間企業の就職活動には民間企業の就職活動の大変さがあることはわかってはいるものの、早々に就活から解放され、夏を楽しむ友人らは能天気なままこの苦行を乗り越えたように見える。隣の芝は青く見えるものだ。

多くの企業では冬から初夏にかけて面接が行われるが、紫乃の受ける公務員試験は初夏から夏が本番だ。つまり夏休みの半分は自動的に就活で死ぬ。『「夏休み」なのに「夏休めない」』――長期休みがある大学生だからこそ出る愚痴が、ぼろぼろとＳＮＳにこぼれる。

別に公務員が夢だったから公務員試験を受けたわけではない。紫乃は昔から決まった夢もなかった。今は文学部の四年生だが、それだって、高校の古典の授業が面白かったからなんとなく、という理由で選んだだけ。

（大学生活だってバイト三昧でたいした華もなかったし）

取り柄と言えば飲食店ホールスタッフとしての仕事のそつのなさくらい。給仕と簡単な料理の手早さだけが自慢という平凡さである。

そこそこの家庭で、そこそこ恵まれて生きて、なんとなく進路を決める。――紫乃の人生は振り返ってみれば、だいたいが薄ぼんやりとしていた。

翌日は竹橋《たけばし》駅の近くで面接があったため、紫乃はぼんやりと皇居を眺めながら歩いていた。

面接は終わったが、昼でも暗いビジネスホテルに帰る気にもならず、気分転換に散策をする。竹橋《たけはし》をゆっくり歩きながら、紫乃は清水濠《しみずぼり》を見下ろした。

そういえば、公務員試験予備校に通う知人の中には、宮内庁で働きたいと言っている者もいた。皇居を護衛するのも、確か専門職の国家公務員だったような気もする。

――思えば、平安時代は、貴族の男ならばまず帝《みかど》に仕える公務員となるような時代だったか。女官も確か、少なくなかったはず。

（まあ、平安時代の貴族は身分があれば出仕できたらしいけど……）

紫乃とは違って。

……気分転換のつもりだったというのに、どうでもいいことでさらに気分が落ち込んでしまった。紫乃は眉間をつまみながら、欄干に寄り掛かり、スマホを取り出した。

『明日なんて一生来なくていいよ、ほんとに』

SNSに一言そう投稿して、紫乃は黒いビジネスバッグにスマホをしまう。友人には「病み投稿」だのなんだのと後から笑われそうだが、明日面接が厳しいと評判の官庁に出向かなければならない紫乃としては、ただの正直な気持ちである。

「まじで何のために生きてるんだろ」

人生の課題に向き合うと、自分の薄っぺらさが露《あら》わになるものなんだろうか——と、そう考えた、その刹那《せつな》。

どん、と、大きな音がした——ような錯覚とともに、地面が大きく揺れた。

地震だ。

大きい。

そう認識したと同時に、紫乃は自分の体が欄干を乗り越えて空中に投げ出されたことに気が付いた。咄嗟《とっさ》のことで、声を上げることもできなかった。

濠に吸い込まれるようにして落ちていく中、大きな揺れで橋の上にいた人々が転倒したり、欄干に摑《つか》まったりするのを、茫然《ぼうぜん》と見る。

——死ぬのか。

そう考える時間さえなく、紫乃はそのまま濠に落ちて。
そして。

第一章　初草の生いゆく末

初草の若葉の上を見つるより旅寝の袖も露ぞ乾かぬ

1

重たい瞼《まぶた》をうっすら開けてすぐ、紫乃はアニメのセリフを思い出した。

（知らない天井だ……ってか……）

いつだったかそのアニメの大ファンを自称する友人に見せられたのだ。目を覚ましたばかりで、思考は未だ霧がかかっているかのように茫漠《ぼうばく》としている。紫乃はゆっくりと起き上がった。

ふと今まで自分が寝ていた場所を見下ろすと、畳が敷かれていた。畳の上には、布に綿が入った薄い寝具、のようなもの。どうやらこの上に直接寝かされていたらしい。見れば、身体にかかっていた布も掛布団ではないようだった。

枕も縦長の、背の高い木枕だった。白の布が張られ、側面にはたすきがけに紐《ひも》の飾りがついている。

（何これ。どうなってるの）

紫乃は啞然《あぜん》として、今まで自分が使っていたらしい枕に触れた。

大きな縦揺れのせいで、竹橋の欄干から落下したことまでは覚えている。そして意識を失ったのだ。

ただ、身体《からだ》は濡《ぬ》れていない。痛いところもない。それなりの高さから落ちたはずなのに、打ち身もなさそうである。それに、何故だか頭が軽い。いいや、身体自体が軽い。

清水濠から、誰かが助けてくれた――んだろう。

だがここは明らかに病院ではない。床に敷かれた畳はともかく苧《からむし》の衾《ふすま》に木枕なんて、病院ではありえない――どころか、生まれてこの方一度たりとも触れたことすらなかった。

（どういうこと……）

衾をはねのけ、辺りを見回す。

敷かれた畳の四隅にはL型の柱台があり、柱が立てられ、上に鴨居《かもい》が回されている。鴨居の上には白い絹らしき布が張られた明障子《あかりしょうじ》の天井。そして、周りには帳《とばり》。さらに、上方に御帳《みちょう》の懸けぎわを飾るための横布――帽額《もこう》が引かれている。

呆然《ぼうぜん》としつつも自分のいる場所を観察し、紫乃は、ゼミで扱った源氏物語の一部を思い出した。

(ここ、御帳台?)

――つまりは平安時代の貴族が使うベッド。

そこまで考えて、いやいやいや、と紫乃はかぶりを振った。

……なんなんだ、ここは。

日本家屋で暮らす由緒ある家の人だって、今どき地敷《じしき》に畳、上むしろに衾などで眠るとは思えない。

「姫様っ」

目が覚めてまだ夢の中にいるのか。困惑のあまり気が遠くなりかけたとき、ふと帳が避《よ》けられた。面が白い――文字通り本当に白い――女性が顔を覗《のぞ》かせる。

「よかった。お目が覚めましたか」

(姫様)

誰が。

しかも彼女、十二単《じゅうにひとえ》を着ている。唐衣《からぎぬ》に裳《も》。

――平安時代の貴族の女性の平服である。

(きょ……京都の十二単体験?)

自分が落下したのは東京にある皇居の清水濠だが？

しかし令和の人間が十二単を着ているなんて、紫乃には着装師が着付けてくれる京都のスタジオでの体験会くらいしか思いつかない。

紫乃が驚きのあまり返事ができないでいると、女性が感極まったように紫乃を抱き締めた。途端、彼女のまとうほのかな獣臭さが鼻をつく。一瞬顔を顰《しか》めそうになるが、それがなぜか嗅ぎ慣れた香りに感じられ、紫乃はさらなる混乱に陥った。

「高欄から落下して頭を打って、何日もお目覚めにならなかったのですよ！　ああ、あの高さから落下したのに、ほとんど怪我《けが》もないというのは、まさに奇跡。御仏の計らいです」

「え？　ええと」

「中将の君さまも、わたくしどもも、それはそれは姫様のご容態を心配申し上げておりました。ああ、早くお知らせしなくては……」

何にせよお気づきになってようございました、と涙ながらに女性は言う。

紫乃は抱き締められたまま、横目で女性を見る。すとんと長い黒髪は、どうみても彼女の身丈よりも長い。

まさか――。

（姫様って、わたし？）

「どうなさいましたか、姫様。まだご体調が？　頭痛が残っておられるのですか」

「あの、わたし――」

声を発してみて、紫乃は愕然《がくぜん》とする。

自らの置かれた状況と、ここまでのやりとりから半ば察していたことではあったが、口から洩《も》れた声は、やはり自分の――「紫乃」の声ではなかった。

「わ、わたし……」

少女らしい甲高《かんだか》い声。視界に入る、真っすぐで艶やかな黒髪。視界に入る自分の手は白く小さい。

そして見慣れない寝具や家具の数々に、一介の女子大生に過ぎない紫乃のことをなぜか「姫様」と呼ぶ女房装束の女性。

認めがたいけれども、認めなければなるまい、と――紫乃は冷や汗をかきながらも、現実を見る覚悟を決めた。

「ごめんなさい。何も、思い出せないのです」

おそらく紫乃は、現代ではない遥か昔に来てしまったのだ。

――しかもタイムスリップというよりは、この時代に生きる少女の身体に入り込んでしまうかたちで。

＊

記憶喪失を装い、軽く話を聞いたところによると、やはりここは平安時代の京都らしい、と紫乃は結論付けた。

そしてこの、紫乃の入り込んでしまった姫君は十歳。

文学ならば辛《かろ》うじて学んでいるものの歴史となると怪しい。ただ、装いや調度からわかることも少なくない。鎌倉時代とも、奈良時代とも違う装束に、家のつくり。国風文化が広がった――平安時代で間違いはないだろう。

（といっても平安時代のいつかはわからないけど……）

西暦八〇〇年頃か一一〇〇年頃かで身の振り方がまったく変わってきそうだが。

だがこの時代に西暦を聞いても意味はなく、年号を聞いてみたところで、紫乃の知識では西暦と照らし合わせることはできない。さらにたとえ西暦がわかったところで、当時起こった出来事を覚えているわけでもない。

一応、紫乃は文学部の学生らしく本を読むのが好きだった。が、読むものといえば主に小説、しかもミステリーくらいで、歴史の知識を得られるような本を手に取ったことはほぼない。

(学術書とまではいかなくても歴史小説くらい読んどくべきだったかな……)

後悔先に立たずである。

「おいたわしや姫様。ご自分のことまで忘れてしまわれるなど。あれほど慕われていた亡き祖母君さまのことまでも……」

「だ、大丈夫よ。きっと思い出してみせますから」

「姫様……」

女性——少納言の乳母《めのと》と言うらしい——が袖で滲《にじ》む涙を拭う。少納言乳母、身分を示す女房名だったが、少納言で乳母を務める女性など、平安時代ではかなりの数がいただろう。

それよりも、と紫乃は自身の乳母をまじまじと見つめた。

貴族の、幼い姫君らしい言葉遣いをできうる限り意識しつつ、尋ねる。

「——乳母、本当なの？　わたしが、親王様の娘というのは」

「もちろんですとも。この少納言の乳母、どうして姫様に嘘《うそ》など申しましょうか」

「そうなの……」

親王、つまり皇子の娘ということは、女王《にょおう》か。なんと言ってよいのか、紫乃はほうと息をついた。つい先ほど皇居を見つめていた自分が、まさか皇族に縁のある姫君になってしまうとは——。

　とはいえ、乳母は『姫』の家族について、詳しくは語らなかった。わかったことといえば「中将の君さまの元で育てられている」ということと、その中将の君というのが、都でも風流男《みやびお》と知られる美男であるということだけだ。

　親王家といっても暮らし向きが裕福とは限らなかったのが平安時代らしいから、貧乏になった実家から養子にでも出されたのだろうか。詳しい事情は知らないが、一時期は祖母である尼のもとに身を寄せていたというので、実家で暮らすのが難しい身の上だったのだろう。

「ちなみに、わたしの父上様は、ご存命なのよね？」

「ええ、その、もちろんでございます」

「そう……」

　親王が存命なのに貧乏だったのだろうか。紫乃はふと、違和感を覚える。

　——まあいい。しかし、引き取り手である中将の君さまというのは何者なのだろうか。引き取って育てているのだとしたら、遠縁の男性か。

　親王の姫で、親が存命なのに家には帰れず、雅《みやび》な公達《きんだち》に引き取られて育てられている。……なんだかどこかで聞いたような話である。

「ねえ、乳母、もう少しその、中将の君さまについて、詳しく教えてくださらない、かしら」

姫君らしい言葉遣いだと、長く喋《しゃべ》るとつっかえる。紫乃が四苦八苦しながら尋ねると、応《いら》えは予想外の方向からあった。

「──そのことは少納言からではなく、私から答えようか」

「まあ」

「中将の君さまよ。お帰りだわ」

几帳《きちょう》の陰にいた女房たちがひそやかにさざめく。

お帰りなさいませ、と少納言が言ったので、あわてて紫乃もお帰りなさいませ、と言って頭を下げた。

──さっぱり、この時代の作法がわからない。紫乃は混乱する。

たしか貴族の姫君は、男性に顔を見られてはいけないんだったか？　いや、幼いうちは、相手は養育者なのだし、構わないのだろうか。

おそるおそる顔を上げると、そこには直衣《のうし》姿の男性──否、青年が立っていた。烏帽子《えぼし》を被り、直衣は単仕立ての二藍《ふたあい》──紅と藍を混ぜた紫色。地は、三重《みえ》襷文《だすきもん》の穀織《こめおり》である。

（おお、烏帽子だ……）

平安時代の貴族の男といえば烏帽子のイメージだった紫乃はひそかに感動しつつ、

青年をじっと見つめた。

彼は柔和で優しそうな、しかし感情の読みにくい笑みを浮かべていた。紫乃の知るアイドルやらイケメン俳優やらの「美形」に比べると地味な顔立ちだが、よく見ればパーツの配置が非常に整っていることがわかる。

なるほどこれが平安の美男子。紫乃は納得して小さく唸《うな》る。

長い黒髪に白い肌のおかめ顔が美女とされるという平安時代の美意識についていけるか不安だったが、女はともかく男の美醜の判断はなんとかなりそうである。

「まあ姫様、そんなにじっくりと中将さまのお顔をご覧に……」

「見とれていらっしゃるのね」

（いや、別に見とれているわけじゃないけど）

綺麗《きれい》な人、ではある――たぶん。

しかし若い。まだ二十代にもなっていないだろう。紫乃は、養育者が自分よりも若い青年であることに違和感を覚えながら、記憶を探る。

中将は確か殿上人、官位は従四位下。三位中将という言葉もあることを考えれば、それ以上の階級の人間も「中将の君さま」となる。それをこの若さでということは。

（相当、いい血筋の人……ってことだよね）

親王家の縁者であるならばおかしくはないか。

「女房たちから話は聞いたよ、若草《わかくさ》。記憶を失ってしまったのだとか……。ずっとついていてやれず、すまなかった。君が高欄から落ちてしまった時には共にいたのだが、どうしても内裏に向かう用事があって」

「い、いいえ」

「私のことも忘れてしまったかい」

「あ、あの。……申し訳ございません」

彼がどういう立場のどういう人間かよくわからない以上、追い出されて路頭に迷う展開がないとは言い切れない。紫乃がおそるおそる謝ると、中将の君はかぶりを振る。

「君に忘れられてしまったということは悲しいが、気にしなくていい。まだ幼い人だ。頭もやわらかい。時が経てば思い出してくれるだろう」

「はい……あの、わたしはあなたをなんとお呼びすれば」

「君はいつも、私をお兄さま、とお呼びだったよ」

「そうなのですか」

（なるほど、この『若草の君』は彼を兄と慕っていたのか）

ならば、やはり血縁なのかもしれない。裕福な遠縁の貴族、もしくは姓を賜った貴種か。

紫乃はとりあえずはほっとして「はい」と頷いた。

「けがはないのだね」

「はい。打ったという頭も、もう痛みはございません」

「そうか。……しかし突然、大人びた物言いをするようになったね」

「えっ」

「つい数日前まではもう少し甘えた話し方をしていたが」

——そんなの知らん。紫乃は笑顔のまま固まる。

姫君の普段の口調がどんなものだったのか探り探りやっていくつもりだったが、どうやら誤ったらしい。甘えた話し方とはなんだろう。少納言相手にしていたような話し方だろうか。

「す、裾を踏んで転げたという自分のそそっかしさを反省したのです、お兄さま。ですから、その」

「そうか、もう君も十歳《ととせ》だ。背伸びをしてもいい頃だろう」

中将の君が嬉《うれ》しそうに笑う。誤魔化せたか、と紫乃も笑顔を作った。

「大事にしているんだよ。乳母の言うことをよく聞いて、おとなしく過ごしていなさい」

「お兄さま、どこかに行かれるのですか」

「帰ってきたばかりですまないんだが、実は近くまで来て寄っただけなんだ。用事の途中でね。もう行かなくては」

そうなのか。貴族の男の普段の生活がどのようなものかを紫乃はよく知らないが、なかなか忙《せわ》しないらしい。

なんにせよ、姫君をよく知るであろう彼と知識もないまま接していると、ボロが出る可能性がある。離れられるなら紫乃にはありがたい話だった。「そうなのですか。お気をつけて」

「……」

「どうしましたか？」

「……いいや。何もないよ」何もなくはなさそうな顔で、中将の君が首を振る。「行ってくる」

「はい。行ってらっしゃいませ、お兄さま」

中将の君はやはり何か言いたげな顔をしていたが、紫乃はただ黙ったまま笑顔で見送った。彼がいない間にさっさと、この姫君がどんな少女だったのか、この屋敷にいる人間から情報を集める必要がある。

「……姫様、本当に、お目覚めになられてからぐっと大人になられて」

「乳母？」

「以前は、中将の君さまがお出かけになられるのを、『行かないで』『わたしも連れて行って』と仰せになって、なんとかお止め申し上げようとしておいでだったのに」

あまり頑是ないのもよくはないですが、大人になるのがあまりにお早いと、中将の君さまもお寂しいでしょう、と乳母が困ったように言った。

なるほど、と紫乃は頬を引き攣《つ》らせる。彼の見せた困惑はそういう意味か。

（十歳の女の子、わからない……）

紫乃自身も十歳の女の子だったことはあるはずなのだが、残念ながら遠い記憶だ。

2

聞けば中将の君は十八、十九の若者らしい。

二十にはなっていないだろうとは思っていたが、改めて聞くと高校生くらいの少年が、小学生くらいの少女を妹として、あるいは娘として引き取って育てているということになる。平安時代の貴族の十八十九など立派な大人で、子どもの一人や二人いてもおかしくない年齢であることはわかっているが、紫乃にとって十八歳は、どうしても年下であるという認識になる。だから、年下の青年に養われているということが、なんとも奇妙に思われた。

その彼がこのところ忙しくしているのは、十月にある行幸の舞い手に選ばれたからだという。その試楽《リハーサル》が清涼殿《せいりょうでん》の前庭で行われるというので、それの準備があるらしい。

清涼殿というと天皇の御在所だ。後宮の美女たちもこぞって見に来るのだろう――なにせ紫乃の「お兄さま」は京一の美男であるそうなので。

「ひいさま、今日は何をして遊びますか？」

「ねえ、昨日のお人形遊びの続きをいたしましょうよ」

「確かに、とってもいいところで終わってしまったものね」

「そうねえ……」

邸《やしき》の女童《めのわらわ》たちとおままごとの続きをしながら、どうにか令和に帰れないかな、と紫乃は思う。

そもそも紫乃はあのあと、どうなったのだろう。

ここに来てしまったということは、あのまま清水濠で溺れ死んでしまったのだろうか。そして、紫乃の魂が入り込んだのなら、この姫君の魂はどこに行ってしまったのか。もともとの身体の持ち主の魂を紫乃が殺してしまったのかもしれないと思うと、苦々しさと罪悪感を覚える。

女房見習いとして邸にいる同年代の女童たちは皆、年相応にいとけない。姫君もこんな幼い少女だったのに、紫乃が身体を奪ってしまった――。

「心が張り裂けるよう。あなたというお方がありながら、よその男とまみえて子を産んだこの浅ましき身をお許しください。ああ、この憂き世が、死んでしまいたいほどにつらい」

「死んでしまいたいなどと言わないでくれ。私が何もかも忘れさせて差し上げよう」

「あっいけません。あの人に知られてしまいます」

（……おままごとの内容は全然幼くないけど……）

いろいろと明け透けである。

ここの邸に限る話ではないだろうが、女房たちが噂《うわさ》好きなのは紫乃もここで過ごした数日でわかってきた。どこから仕入れてくるのか、京の噂について仕事の合間にひそひそやっているので、見習いの女童もそれを聞いているのだろう。

望まぬ子どもを産んだ女君と駆け落ちしようとする男君。内容を理解しているのかは知らないが、教育に悪い。

「ひいさま、次はひいさまですよ」

「あっ、ごめんなさい」

いろいろと明け透けな台本のお人形遊びに興じながら、紫乃は半ば諦めたように考える。

（……でもまあ、令和に帰れたところで）

紫乃はまた、ただぼんやりと生きていくだけになるだろう。

それならば、この慣れない世界で、揉《も》まれながら生きていたほうが、まだいいのかもしれない。

お人形遊びがひと段落したところで、ふと紫乃は、幾分か年嵩《としかさ》の女童に訊《き》いてみた。名前を阿古《あこ》という、整った顔立ちの少女だ。

「ねえ、やはり中将の君……お兄さまも、この流行《はや》りのお話のようなことをご経験なさっていると思う?」

「ご経験? 女君と男君の、情熱的な恋のことですか」

「ええ。お兄さまは京でも評判の美男子なんでしょう」

裳着《もぎ》――女子の成人を間近に控えた阿古は、そうですねえ、とうっとりしたように言う。

「女房のお姉さま方がおっしゃるに、それは素敵な恋をしてらっしゃるみたいですよ」

「やっぱり、そうなの?」

「ある時は御息所《みやすどころ》さま、ある時は故宮の姫君、ある時は偶然出会った美姫《びき》と。……まこと、美しい人というのは、おそろしいわ」

(二十にならないのにすごい恋愛遍歴だな……)

「けれど、ご妻室とはあまりうまくいってらっしゃらないご様子だとか」

「……よく知っているわね、そんなこと」

「お姉さま方がよくひそひそと言っていますから」

「ねえ」

話を聞いていた阿古の妹分の女童、乙羽《おとわ》が口をはさんでくる。柔らかそうな振り分け髪を揺らしながらくすくす笑っている。

貴族の若い男君は女遊びをするのが普通だったと聞くが、彼がそうも色好みなのは、妻と不仲だからなのかもしれない。

「ですから、ひいさま、大丈夫ですよ」

「何が？」

勇気づけようとしてくる阿古たちを訝《いぶか》しく思いながら、紫乃は中将の君の妻のことを考える。

――中将の君に北の方がいるというのはわかっていたことだ。当時、高級貴族は十二、三にもなると許嫁《いいなずけ》がいて当然だったと、そのくらいは紫乃も知っている。

ここが中将の君の邸ならば彼とその北の方は妻問婚《つまどい》、つまり別居婚。別居婚が主流なのは平安時代前期から、藤原《ふじわら》氏の外戚政策が始まる中期のことだったはずなので――と高校時代に習った覚えがある――今は藤原全盛期を迎える前、なのかもしれない。

（……中将の君は、歴史上に名が残っている人なのかな？　だとしたら誰だろう）

親王の幼い娘を引き取って育てた美男。それこそ平安時代の物語のようだ。

後の二条《にじょう》の后《きさき》をさらって逃げ、鬼一口《おにひとくち》の話として伊勢物語で語られた在原業平《ありわらのなりひら》のように、逸話くらい残っていそうだが――生憎《あいにく》と紫乃の歴史の知識は高校の日本史程度のものだった。……つまり、考えたところでわからない。

（……十歳ってことは、わたしもすぐに許嫁ができるのかな）

全く想像できない。

「ううん……」

「どうしたの、犬君《いぬき》」

人形たちを元々あった場所に戻しながら、犬君が唸っている。彼女はこの身体の持ち主である姫君とは長い付き合いの女童である。姫君がこの邸に移る前からおつきをしていたらしい。

犬君は漆塗りの櫃《ひつ》の中に並べられた人形たちを覗き込みながら首を捻《ひね》った。

「この人形たち、何かがおかしい気がするのです。でも、何がおかしいのかはわからなくて。ひいさま、わかりますか？」

「わからないわ。だって、わたしはこの人形たちがもともとどんなものだったのか、どれくらいあったのか、知らないわけだし」

「そういえば、そうでしたね」

今気がついたとばかりに、犬君が大きな目を瞬《しばたた》かせた。

紫乃は苦笑する。——この子は細かなことに気がつくいっぽう、粗忽《そこつ》なところがあるらしい。

「わかった。次は、わたしも気をつけて見てみるわ」

＊

生活する上でいささか困ったことというと、文字がわからないことだった。救いは紫乃の入り込んだ若草の姫君がまだ幼く、手習いも歌も始めてそう時間が経たないころだったことか。

くずし字は、紫乃も文学部の学生だ、ある程度大学の授業で習っている。だが紫乃ら学生の教材とされたのは比較的読みやすく、しかし当時は悪筆とされた定家様《ていかよう》だった——この時代の達筆は一文字一文字の判別に苦労する。

「かな文字は、わたしも嫌いです。読みにくいし、お母さまや乳母たちが稽古しなさいとうるさいし」

とは、女童たちの中でも才気煥発《さいきかんぱつ》な乙羽の言だ。

乙羽は男兄弟の真ん中に生まれたらしい。そのため、女の使うかな文字を学ぶよりも、『論語《ろんご》』や『孝経《こうきょう》』、『蒙求《もうぎゅう》』などを覚える方が好きだったというのだ。

「わたしには男兄弟がいないわ。兄や弟って、どんな感じなのかしら。乱暴な振る舞いをなさるの？」

「阿古姉さまのごきょうだいは姉妹ばかりだものね。……ええ、本当にね、いたずらやけんかばかりするのよ。壁代《かべしろ》を破ったり、取っ組み合いのけんかをしたり」

「信じられないわ。几帳を倒すくらいなら犬君もしますけど」

阿古が苦笑しながら、女童の中でもそそっかしいと言われる犬君を見る。確かに今日も盥《たらい》をひっくり返す失敗をして少納言に叱《しか》られていた。

「ひいさまは、最近犬君の失敗に怒らなくなられましたね」

「え？」

「前までは、犬君が何か粗相をすると、怒ったり泣いたりとお忙しそうでしたのに」

大人におなりなのねえ、と、感心したように阿古が言う。

「そう……なの？」

「ええ。ああ、ひいさまは昔のことは忘れてしまわれているのでしたね。ごめんなさい」

「ううん……」

——大人になったのではなく、子どもでなくなっただけだ。紫乃は曖昧に微笑《ほほえ》んだ。

紫乃は成人してしばらくした二十二歳だったが、果たして転生する前の自分が『大人』だったかと言われると、そうではなかったと思う。

大人になるのは難しい。平安時代はどうなのだろう。

「そんなことよりもひいさま、今日は何をしますか？　お絵描き？　それとも、お人形遊びですか？」

「でも阿古姉さま、あまりお人形遊びばかりしていると、『もう十歳も過ぎたのだから大人らしくおなり』って、女房のお姉さま方に怒られやしませんか」

「そう？」

阿古は少し残念そうだ。この邸の人形の手入れは女童の姉貴分である彼女がしているらしく、色とりどりの料紙で作られた見事な人形の衣装も、彼女の手によるものらしい。そんな阿古にしては、確かに遊びに人形が使われなくなったら寂しいだろう。

「いいわ。今日もお人形遊びをしましょう。みんな、おままごとが上手だから、見ていたら何か思い出すかもしれないし」

「ひいさまがそう仰《おつしや》るなら」

一応、進言をしてみた乙羽も、男兄弟の中で生まれたからか人形に触る機会がひとより少ないため、阿古の作った人形たちでおままごとをするのは好きらしい。

櫃を開け、紫乃は一体の人形を取り出す。紙細工の雛人形《ひなにんぎょう》は、料紙を重ねて作られた衣装を纏《まと》っている。紫乃の持つ人形は蘇芳《すおう》に黄色の衣装。かさねの色目としては櫨紅葉《はじもみじ》、秋の合わせ色目である。

「やっぱり、何かが変……」

犬君が人形の入った箱を見下ろして呟《つぶや》く。何か違和感を覚えているのだろうか。

紫乃もじっと人形を見つめてみるが、さすがに昨日の今日ではピンとこない。

(特定の人形が変なのではない？　なら)

「やっぱり、人形の数が足りないとか……？」

「えっ」

紫乃の独り言に、阿古が目を見開く。「人形が、なくなってしまったのですか？」

「え、あ、違うの、今のはあくまでも思い付きで」

「まさか、盗まれてしまったのですか？」

「盗まれ……いやいやそんな。阿古、落ち着いて。お人形は立派だけれど、紙人形を盗んで利のある者がいるかしら」

子どもの人形を盗んでも何にもならないだろう。そう思って紫乃は笑ったが、阿古が「いいえ」と首を振る。

「人形細工には高価な料紙が使われています。くすねて市に売れば、小金を得られるんじゃないかしら」

「それなら、雑色《ぞうしき》や端女《はしため》がくすねたのかもしれませんね」

「ええ……？」

紫乃は首を捻る。

確かに二六時中遊び道具や玩具の入った箱を見張っていたわけではないが、そんな怪しい人物がいただろうか。紙人形が売れるかどうかは知らないが、人形をしまう漆塗りの倭櫃《やまとびつ》が高価であることは紫乃にもわかることだ。だから、あれを管理しているのは、貴族出身の女房たちのはずである。

貴族にも暮らし向きが悪い者はいるのだろうが、少なくとも紫乃の周りに揃《そろ》えられた女房の身なりはいいように思えた。恐らくこの家の主人である中将の君が選定しているのだろう。女房が玩具を盗んで売るとは考えにくい。

「少納言なら何かわかるかも。相談してみましょうか？」

「それだと、ひいさま。もうわたしたちがお人形遊びをさせてもらえなくなってしまうかも。大人におなりになるのに、お人形遊びなどしているからだと」

犬君が言う。紫乃は唸った——子どもたちが遊びを取り上げられてしまうのは心苦しい。

「盗みなら犯人を捕まえるべきだわ。女房のお姉さま方に報《しら》せましょうよ」

「でも乙羽――」

「そんなに止めるなんて、犬君。あなたがもしかしてお人形を盗んだのじゃないの」

「えっ」

「阿古姉さまの作ったお人形はきれいだもの。しまい込んでしまいたくなったとしても、おかしくないんじゃないかしら」

乙羽の鋭い糾弾に、犬君が青ざめる。「わたしは、盗みなんて、そんなことはしてない。それに、変だと言ったのは、別に数のことじゃあ――」

「じゃあ、壊してしまって隠したのではない？　犬君は以前、ひいさまが御厨子《みずし》にお人形を並べて御殿を作っていたときも、台無しにしたのに黙っていたわ。黙って逃げたって、誰がやったかなんてすぐにわかるのに」

「乙羽、言い過《たしな》ぎだわ」

阿古に窘められて乙羽が黙るが、その表情は追及を止められて不満そうだ。

犬君が人形を壊して、隠した――？　だが、人形に異変があると言い出したのは犬君だ。そもそも人形が足りないのではないかと思って口にしてしまったのは紫乃自身で、盗難があったのかすら定かではない。そもそも人形はそれなりの数があり、「記憶喪失」の紫乃はもちろん、正確にはどのくらいの人形が櫃にあったのか、女童たちは知らないのだ。

（それがいつの間にか盗難ということになってしまった……）

紫乃は顎に手を当て、少し考え、言った。

「犬君。あとで二人で、話をしましょう」

「そんな、ひいさま。わたしはお人形を盗んでなんていません」

「そのことについても詳しくあとで話しましょう。……だから阿古、乙羽、今のところはこの話はおしまい。お人形遊びはいったんやめて、お絵描きでもしましょうよ」

＊

翌日。紫乃は女房やほかの女童に内緒でひっそり呼び出した彼女と、邸の塗籠《ぬりごめ》で二人きりになっていた。

開放的な間仕切りばかりが使われている邸の中では、壁と妻戸で囲まれた塗籠は他の場所と比べてやや薄暗いが、部屋といえば壁で区切られる洋室を思い浮かべる紫乃にとっては、少し安心する場所でもある。

「ひいさま、こんなところに忍び込んでは、叱られてしまいます」

この邸では塗籠は納戸である。入り込んで遊ぶ場所ではない。ただ、

「だって、母屋の真ん中で話をしたら、皆に聞かれてしまうでしょう。そうしたら、あなたが責められてしまうと思って」

「え……」

「阿古、どうしてあんなことをしたの」

ほの暗い塗籠の中だが、阿古の顔色が悪くなったのがわかった。

紫乃はなるべく優しい声を出すように意識して、「あなたの寝起きする場所を端女に調べさせたの」と続ける。

「そうしたら、あなたがいくつか、料紙を隠し持っているとわかった」

いよいよ阿古の顔から血の気が引いた。

そう。なくなったのは人形ではなく、人形の衣装を作るために使われた料紙だった。

「阿古。わたしはあのあと犬君に話を聞いて――あのね、人形がなんだか変だと言い出したのは犬君だったのよ。だから、具体的には何がおかしいと思うのかをよく聞き出したの。そうしたら、着物がおかしいと思うと言ったわ」

犬君にはお気に入りの人形がいくつかあった。だから、よく考えて違和感の正体を導き出すことができた。料紙で作られた衣装の形が、前とほんの少し違うと。

「お人形の衣装を作っていたのはあなた。だから一度人形から衣装を外して、新しい衣装を作って着せることができる。そうして、あなたは古くなった衣装――料紙を自分のものにした。違う？」

「ひいさま……」

阿古は目を見開いて固まっている。

実際、人形が盗まれた可能性を口に出したのは阿古だった。料紙ではなく人形に目を向けさせることで、自分のやったことに気付かせないようにしたのだろう。

「でもどうして、新しい料紙を自分のものにしなかったの？　あなたが人形の衣装を作っていることは女房たちも知っていた。あなたが料紙の入った櫃に触れたところで、怪しむ者はいなかった。だったら、新しいものをこっそりくすねたって、誰にもわからなかったはず」

「申し訳ございません、ひいさまっ」

阿古がその場で平伏した。

「触れさせていただく料紙が、あまりにもきれいで、欲しくなってしまって……」

「うん」

「でも、新しいものを取ったら、本当の盗人になってしまう気がして……。でも、古い着物を取り払って、新しい着物を作ってやるなら、いいんじゃあないかって思ったんです。新しい料紙で着物を作ったなら、古くなったものをわたしがもらったって
……と、自分に言い訳をしたのです」

申し訳ございませんでした、と阿古がもう一度言う。

阿古に罪悪感があったのは本当だろう、と紫乃は思う。彼女は乙羽が犬君を鋭く糾弾したとき、複雑そうな顔で窘めた。あそこで乙羽を止めたのは、阿古に後ろめたさがあったからだろう。

「確かに阿古はずるいことをしたわ。あなたのしたことは横領だもの」

「ひいさま……」

「でも、許します。阿古はいつも女童たちをまとめてくれる。感謝しています。だからそれに免じて、今回はなかったことにするわ。お兄さまにも告げ口しないから、辞めさせられたりはしないと思う」

阿古が目を見開く。――意外だったのだろう。確かに主人のものをくすねる者は、仕える人間としては相応しくないかもしれない。

しかし、いくら働きに出されているとはいえ子どものしたことだ、とも思う。厳しい罰を与えるというのは、紫乃としては躊躇《ためら》ってしまう。

「阿古ならもう同じことはしないでしょう？　それにね、もしどうしても何か欲しいものがあったら、わたしに直接言えばいいのよ。なんでもかんでもあげるわけにはいかないけれど、譲れるものもあるはずだから」

「ひいさま……」

ありがとうございます、と言いながら、阿古は滲む涙を袖で拭った。

「やはり、変わられました。今のひいさまはお優しくて度量の広いお方です。……これからは、誠意をもってお仕えします」

「ええ。お願いします」

――変わった、か。

そう言われるのは、もう仕方がないだろう、と紫乃は目を伏せた。

少なくとも本来の若草の姫君は、ここではないどこかに行ってしまったのだから。

3

「話は聞いたよ。人形盗難騒ぎを見事に収めたそうだな、姫君。素晴らしいよ。君は私が思うよりもずっと、頭の切れる御子《おこ》なのかもしれないね」

伝わってしまっている。別に、人形が盗まれていたわけではないが。

阿古のことを解雇したいわけではなかったので、一応事の顚末《てんまつ》は少納言乳母にのみ話しておいたのだが、乳母もさすがに主人に黙っているわけにはいかなかったらしい。

「安心しなさい。君が望まないなら、女童たちのことに私が口を出すことはないよ」

紫乃は首を竦《すく》めて「ありがとうございます」と言った。

しかし女子に対して頭がよいというのはこの時代、果たして誉め言葉だったか。中将の君はどうも底が読めない人なので、何を考えているかわからない。

――彼とは会話をするたびに神経を使う。胃がきりきりと痛む。

「初めにおかしいと思ったのは犬君ですから、すごいのは犬君ですわ」

「そう。そそっかしい子だと思っていたが。よく気が付く面もあるのだね」

「はい」

犬君はあまり落ち着きがない。女童たちの評価も辛く、実際にぼんやりしているので、もしかしたら軽い発達障害の気があるのかもしれないと思っていた。こだわりが強いのも、発達障害の子どもに見られる特徴だと聞く。

だが実は、ある種高い知能を持つギフテッドの可能性もあるかもしれない――紫乃は詳しくないが、教職課程を履修する中で発達障害を持つ児童の支援を学んだ友人が、ギフテッドと発達障害を併せ持った「２ｅ」と呼ばれる子どももいるのだと言っていた。

「この邸には慣れた？　記憶はまだ戻らない様子かな」

「ええ、まだ戻る気配はありません。でも、ものは大分覚えてまいりました。字や歌はまだ不得手ですけれど……」

「そう。まあ、焦る必要はないよ。ゆっくりやりなさい」

はい、と紫乃は頷《うなず》く。

だが和歌を即興で読むなんて芸当が果たして自分にできるようになるのか、はなはだ不安ではある。女君だろうと男君だろうと、歌は必須の教養だと、紫乃はここしばらくずっと乳母に言われ続けている。

「目覚めて時間が経っていないときと比べて、随分と顔色がよくなった。これからもあまり無理をせずに頑張るといい」

「そう言うお兄さまは、なんだかお疲れでいらっしゃるわ」

行幸の舞楽はうまくいったと聞いている。

竜頭鷁首《りゅうとうげきしゅ》の楽の船が池を漕ぎめぐり、唐土《もろこし》や高麗《こま》の舞を管弦や鼓の音が彩る、素晴らしい空間だったそうだ。紅葉の下で舞い踊る彼があまりにも美しく、空恐ろしいほどだったために、主上は災い避けの誦経《じゅきょう》までおさせになったらしい――と、女房たちがさっそく聞きつけていた。

「行幸の舞でお疲れなのですか？　ご覧になった主上や女御さま方もお喜びだったと聞きますけど」

紫乃が言うと、中将の君がはにかむ。「ああ、主上にはお褒めの言葉もいただいた。非常に光栄に思っているよ。ただ……」

「それとは違うことでお疲れなのですね」

「……そんなに私はいつもと違うかな」

「そこまではありませんが、お顔の色がやや優れないので」

気苦労が滲む顔は、予備校の友人で見慣れているからよくわかる。

仕事疲れではないというのなら心の方か。平安時代で物思いというと恋の悩みのことを指すが。

「北の方さまとのことで何か？　それとも他の女君とのことでお悩みでも？」

思わず訊くと、中将の君はさすがにぎょっとした顔になった。「なぜ君がそんなことを聞く？」

「ごめんなさい、お兄さま。その……不躾《ぶしつけ》であるということはわかっているんです。でもわたし、お兄さまの恋のお話がお聞きしてみたくて」

「姫君……」

紫乃は恋に憧れる女の子に見えるよう、いじらしい態度でそう言ってみた。中将の君のぎょっとした顔が僅かに緩む。

そう、なんといってもここには娯楽と呼べる娯楽がない。退屈しのぎに下世話な話は普通に気になる。

「恋や夫婦の仲というものは、簡単ではないとわたしも知っています。わたしももう少し大きくなったら、どなたかに嫁ぐ身でしょう？　ですから今のうちに恋とはなんぞやということを……お兄さま？」

反応がないので中将の君の顔を窺《うかが》うと、彼は困ったような顔をしている。

「『どなたかに嫁ぐ身』……そうか、君は記憶を失ってしまっていたのだったな。少納言たちには、きちんと説明しておくように言っておかなければ」

「……はあ」

説明をしておく、と。

なんの説明だろうと紫乃が首を捻っていると、「君はまだ気にしなくていいよ」とはぐらかされた。

「……だがそうだな。私の話ではないが、最近宮中で評判になっている物語があってね。気になるか？」

「気になります」

食い気味に言うと、中将の君はそうかと言って話し出す。

――その物語というのは、とある女君の話だった。

その女君は幼い頃、母を亡くしてしまう。身寄りがなくなってしまった女君は、路頭に迷いかけたものの、母の元夫であり、血の繋《つな》がらない若い義父に引き取られた。

そして義父の下ですくすくと美しい姫に育った彼女は、才気煥発で、かつ美男子と評判になった義父の長子と結婚することとなった。

しかしその幸せ絶頂にいるはずの娘は、なぜか突如命を落としてしまったのだという。

「それは、なんとも、悲恋ですね」

「ああ。その娘がどうして死んでしまったのかはどこにも書いていないんだよ」

「そうなのですか」

ただ主人公の女君が死んだだけで理由もないとはなかなかに冷ややかな話だが、それはそれで想像を掻《か》き立てられて面白い。源氏物語を書いた紫式部《むらさきしきぶ》のように、内裏女房らは、帝や後宮の后妃《こうひ》たちの無聊《ぶりょう》を慰めるためにもせっせと様々な恋愛物語を紡いだようだが、こういう形のものもあるのか。結末を読者に委ねるとは斬新だ。

「本来こういった物語というものは女子どもの楽しむものだとは思うが、なぜだか心に留まってね。君はどうしてこの女君は儚《はかな》くなってしまったと思う？」

「え？」

「今まで知らなかったことだが、君は私が思うよりずっと賢い子のようだからね。ぜひ考えを聞いてみたいな」

「……ええと」

紫乃のこめかみから頬を冷や汗が伝う。

——まさか、怪しまれている？　本物の姫君ではないと。

女童の人形盗難騒ぎを丸くおさめたことが、彼に誇張されて伝わってしまって、それで怪しまれているのだろうか。それを、今の問答で確かめようとしているのか？

もしも本物の若草の姫君ではないと知れたら、紫乃はどうなってしまうのだろう。

（ばーーばれないようにしなきゃ。慎重に、恋物語と噂が好きな、大人ぶりたい女の子ふうに……）

しどろもどろ、紫乃は聞き取りづらい小さい声で言った。

「そのう、もしかしたらその女君は、本当はご子息ではなく、お義父上のほうを愛していたのではないかしら」

「義父を？」

はいと頷く。

路頭に迷いかけ、絶望しそうになった少女が、美しい男君に手を差し伸べられる。そして愛情をもって養育されたとすると。

「源氏物語で、若く美しい義母である藤壺《ふじつぼ》の宮に恋をし、通じてしまった光源氏《ひかるげんじ》のように。だから禁断の思いを抱いたまま義父の子とは結婚できないと思って自ら命を絶ったーーとか」

他にはどんな可能性があるだろう。

息子ではなく義父のほうを愛していたから、でない可能性もあるかもしれない。阿古たちが人形で遊んでいたように、もともと好きな男がいたのに、義父への恩義を裏切れず、息子と結婚しなければならなくなった、とか。それで世を儚んだ。

とはいえ義父が登場人物として強調されているなら、物語の筋にはその存在が絡んでいたほうが自然だ。なら、妻が父を好いていると気づいた夫が女君を殺してしまった、などの真相はどうか。

「お兄さまはどう思――」

中将の君の返答がないことに気が付き、反応を見るため顔を上げ、――そこで紫乃は硬直した。

いや、違う。硬直しているのはむしろ中将の君の方だった。息すら止めているかのように固まり、大きく見開いた、硝子玉《がらすだま》のような目で紫乃を真《ま》っ直《す》ぐに見つめている。

「――なぜ君がそれを知っている？」

「え……？」

「誰も知らないはずだ。手引きした女房以外、誰もだ。この二条院の者たちが知っているなど猶更《なおさら》ありえない。若草――紫《むらさき》の君《きみ》」

紫の君。

そう呼ばれ、紫乃は大きく目を見開いた。紫の君――若紫《わかむらさき》。

まさか、と思った。

「藤壺女御《にょうご》様と私のことを、君がなぜ知っているんだ――？」

（彼は、光源氏、本人……!?）


彼が光源氏ならば、紫の君と呼ばれたこの姫君は、のちの紫の上か。

つまり、紫乃は平安時代にタイムスリップしたのではなく、平安時代を舞台とした源氏物語の中に入り込んでしまったということなのか。

（どうして今まで気が付かなかったんだろう……）

紫乃は愕然とする。

……今思えば、これまでも気づくことができた場面はあったはずだ。

そもそも、「幼い少女を引き取って育て、理想の伴侶とする」という話として、源氏物語の若紫巻はよく知られている。源氏の君最愛の女性とされる紫の上は、光源氏初恋の女性である藤壺女御の姪姫であり、その容姿が藤壺によく似ていることから九から十歳のあいだに光源氏に見出される。祖母尼君が亡くなったと思えば強引に光源氏の邸、二条院に引き取られ、十四歳で彼の妻になる。

若紫こと紫の君は親王・兵部卿宮《ひょうぶきょうのみや》の娘だ。ただし正妻の娘ではないため、宮の正室に疎まれることを考えると兵部卿宮のもとへ帰れないという事情を抱えている。光源氏はその事情を利用して、まんまと若紫の養育者におさまったのだ。

引き取られたはじめのうちは、紫の君は若草と表されていることもある。そもそも阿古たちはともかく、犬君は有名な紫の君の女童だろうに。

（この時点で気付いてもよさそうなものだけど……。あっもしかして、阿古が「大丈夫ですよ」って言ってたのは、正妻に嫉妬しなくても、姫様は愛されてますよって言おうとしたのかな）

注意力が散漫すぎる。

ただ、紫乃はこの現象を過去へのタイムスリップだと思い込んでしまっていた。まさか物語の中に入り込んでしまっているなんて考えもしなかったのだ。

――というか。

（光源氏といえば絶世の美男子でしょっ？　そんな印象なかったよ！　気付かなくても仕方なくない？）

光源氏といえば超絶イケメン。そのイメージが先行しすぎていて、『綺麗な人だな』程度の印象しか抱かなかった彼を、まさか、かの絶世の美男主人公だとは思わなかったのだ。

――ただまあ、令和に生きていた紫乃がぴんときていないだけで、別に彼の容姿が平凡なわけではないのだろう。舞楽で彼の美しさが人々の度肝を抜いたという話はよく聞かされた。要は紫乃が平安時代の美的感覚を理解できていないだけだ。

（美しいと醜いの判断はできても、わたしじゃ美男と超絶美男の見分けはつかないだろうな）

紫乃は心の底からそう思った。

「源氏物語、と言ったな？　私は女房たちの書く文学に詳しいわけではないが、ちらとも聞いたことがない名の物語だ」

（でしょうねえ……）

源氏物語の世界で源氏物語という物語があるはずもない。

「君は何者だ？　何やら姫の様子がおかしいと思って話を振ってみたら、かような異様なことが起きていたとは。君……いやあなたは、遠見の神通力でも持つ神霊か、あるいは物の怪か？　紫の君が頭を打ち、気を失っている間に入り込んだのか？」

「源氏の君、わたしは……」

源氏の追及はとどまりそうにない。

当然だ。紫乃はうっかりで源氏の一番の秘密を暴き立ててしまったのだ。このまま誤魔化されてくれるとは思えなかった。

「――あの、お話しします。こうなってしまった経緯もすべて」

＊

「千年も先の世から？　まさか、そんなことが……？　そして、そこでは私の人生が物語になっていると？　到底信じがたい」

「そうでしょうが、本当のことなんです。わたしが読んだあなたの物語は、ほんの一部ですが。何せ、とても長い物語でしたから」

秘密を暴かれて動揺する源氏に、紫乃はわかることのほぼすべてを説明した。

自分が千年先の未来の人間であること、地震で濠に落ちたこと、気を失い、目が覚めたらこの姫君になっていたこと。

そして源氏物語は、光源氏と呼ばれた人の人生を語っている千年前の物語文学であり、その光源氏は彼自身であろうということ。

「……あの、やはり、信じられませんか？」

「さすがに、千年も先の世からとなると。……しかしあなたが誰も知らない私の秘密を知っていることは事実。鵜《う》呑《の》みにするかどうかはともかく、あなたが常人とは違う事情を抱えているということは間違いないのだろうね」

そう言う源氏の声には、驚きはあっても、紫乃への敵意は感じられない。

少なくとも彼の未来の妻の身体を乗っ取ってしまったことは、本意ではないとわかってもらえたらしい。

（よかった。「紫の君を今すぐ返せ！」って責められていたら、困ったし）

紫乃はそっと安堵《あんど》のため息をつく。

「しかしあなたは地震で濠に落ち、死んだと言ったね。溺れた記憶は？」

「それは、ありません。苦痛も、特には」

「……では、あなたは本当に命を落としたのかな」

えっ、と思い、紫乃は源氏の顔をまじまじと見つめた。

「事故の衝撃で身体から魂が抜け、同じく頭を打ち魂が抜けた姫の身体に入り込んでしまった。死霊としてではなく、生霊として取り憑《つ》いたのでは？　死んだのなら、死んだときのことを覚えているはずではないかな」

「……今わの際の記憶を忘れることで、心を守っているのかも」

防衛機制でショック時のことを忘れてしまうという事例がある、ということはよく耳にする。ただ、それも生きている人間の話ではあるが。

「とにかく、祈禱《きとう》でもしてみようか」

「はっ？　ご、ご祈禱ですか？」

「あなたが姫君の身体から出て行けるように。もしも生霊で、あなたの魂が姫君の身体に不本意のうちに閉じ込められてしまっているのなら、解放され、元の身体に戻れるだろう。死んだ者の魂なら、祈禱がうまくいけば、天に還ることになる」

「……はあ……」

なるほど？

令和に生きる紫乃としては、祈禱にどれほどの効力があるのかは疑わしいところではあるが、ここは千年も昔の平安時代である。しかも物語の中ともなれば、世界そのものの理が違う可能性もある。……かもしれない。

「ええと、それなら……わかりました。よろしくお願いいたします……？」

この時代で生きていく気も少しは生まれてきていたが、出て行けるのならば、この身体から出て行くのが道理だろう。紫乃がいなくなれば紫の君の魂も戻るかもしれない。十歳の女の子が、理不尽にこの先の人生を奪われていいはずがない。

紫乃は畏《かしこ》まってきよらなる男君に頭を下げる。


――が、祈禱をしてみても、紫乃の魂は紫の君の身体から離れることはなかった。祭も祓《はらえ》も修法も間断なく試してみたものの、紫乃の意識は微動だにしなかった。――まあ、そうだろうな、と紫乃は思う。

邸の家人には、紫乃の魂を追い出す云々《うんぬん》は伏せて、紫の君の記憶を戻すための祈禱だと説明してあるらしいので、少納言乳母たちは祈禱の様子をただハラハラと見守っていただけだった。そして紫乃の記憶がまだ戻らないと聞いてがっくりと肩を落とした。

「もしかしたら、魂が体に完全に定着してしまったのではないでしょうか。そして、紫乃さまの身体のほうには紫の君の魂が宿ってしまっているから、紫乃さまの魂の行き先がなく、出ていけないとか」

と、言い出す者がいた。――藤原惟光《これみつ》、源氏の乳兄弟の従者である。

源氏は、もっとも信頼する従者の彼にだけは紫乃の秘密を話しておいたらしい。

藤原惟光は源氏物語では珍しく名前のついた従者として有名な端役だ。紫乃は源氏物語を研究していたわけではないので、詳しくはないが。

また思いがけないことに、なぜか彼は顔の下半分を隠す面布をつけていた。

(惟光って、あんな布つけてるって、物語に書かれてたっけ?)

訝しく思った紫乃が惟光を見つめて首を傾《かし》げていると、源氏の君が言った。

「惟光は埃《ほこり》がダメでな」

「ご無礼をお許しください、紫の君。この面布は埃避けで、常につけているのですよ」

ハウスダストのアレルギーだろうか。

同じくアレルギー性鼻炎にさんざん苦しめられていた紫乃は、惟光に心の底から憐《れん》憫《びん》の目を向けた。「お大事にしてくださいね……」

「──しかし、紫乃、あなたはこれからどうしたい？　祈禱でだめなのだから、元の世に戻ることも、成仏することも難しいようだが」

「……正直、自分がどうすべきなのかはわかりません。ただ、この身体にいる間は、紫の君として過ごす必要があるだろう、とは思います」

入れ替わったにせよ、乗っ取ってしまったにせよ、もし紫の君が戻ってきたときのために、身体は守っておかなければ。

「そうか……」

わかった、と源氏が頷く。

「では、変わらずここにいるといい。あなたがいつか帰ることができる日まで、私とともにいなさい。それでその、『源氏物語』の知識とやらで、私を助けてほしい。君は頭も切れるし、役に立ってくれるだろう」

「源氏の君……。はい、必ず」

じっくり読みこんでいるわけではない紫乃には、源氏物語の大まかな知識しかないものの──確かにこの先起こることはある程度わかる。

きっと、何かに役立てることができるはずだ。

「そうだ。聞いていなかったが、名前は何という？　あなたの故郷では確か、忌《い》み名《な》で呼び合うこともあるのだったね」

「ええ。それが、普通です」

「私も君の名を知っておきたい。せっかくだから、名前で呼んでみたいからね」

こちらでは家族や配偶者など、一部の親しい人間としか、名を呼び合うこともないという。

まあ、名前で呼ぶといっても、紫乃の側が彼の忌み名を口にすることはないのだろうが。

「紫乃。――わたしは、源《みなもと》紫乃といいます」

こうなってくると。

まさしく「紫の上の身体に宿った魂」といったこの名前は、何かの導きだったのかもしれない――とすら思えてきてしまうから不思議である。

第二章　恋ふらくの多き

悔しくもかざしけるかな名のみして人だのめなる草葉ばかりを

1

「寒い」

平安時代の冬は寒すぎる。年が明け、雪が降るようになると尚更である。紫乃は衾を頭まで引き被りながら呟いた。

タイムスリップしたと思い込んでいた時は秋くらいの気候だったが、中将の君の正体を知るくらいの時には完全に冬の気候になっていた。正直なところろくに歯の根も合わない。

（無理すぎる……）

枕草子で、清少納言《せいしょうなごん》が「冬は早朝《つとめて》がよい」といったことを書いていたように思うが、正気を疑う。寒すぎて御帳台から出る気にすらならないのに、何が早朝だ。早朝のどこがいいのだ。景色か。景色なんて夜具の中から見えないが？

紫乃が意味もなく苛立《いらだ》っていると、呆《あき》れたような女房の声。

「姫様、いつまで衾の中にいらっしゃるのです。ご覧くださいませ、今朝は雪が降り積もりましたよ」

「やめて右近《うこん》、格子を閉めて」

せっかく炭櫃で火を熾《おこ》しているのに熱が逃げる。

紫乃が几帳の隙間から顔を出して言うと、格子のあいだから雪の様子をうかがっていた若い女房――右近が「まあ姫様」とこちらに寄ってくる。右近は女童の阿古と親しい女房で、阿古の従姉妹《いとこ》にあたる。

「姫様、すっかり寒がりになられて。どうなさったのですか？　この二条のお屋敷は、今まで姫様がいらしたところよりもずっと暖かいではありませんか」

「それはそうかもしれないけれど」

ただ、二条院も寝殿造だ。つまり、ろくな仕切りがない。冷えた風は通るわ、床からの冷気にぞわっとさせられるわ。

塗籠に火鉢を抱え込んで閉じ籠ればまだマシかもしれないが、そんなことをすれば女房たちに叱責《しっせき》されるだろう。「源紫乃《じぶん》」よりも年下の若い女房から叱られるのは、さすがに心に来るものがある。

紫乃は身支度をすると、真綿を入れてこさえた綿衣を羽織り、火桶《ひおけ》を抱えた。火桶とは、部屋に据え置かれた炭櫃と違い、持ち運びができる丸い火鉢だ。紫乃が使うのは、桐《きり》の木をくりぬき、内に真鍮《しんちゅう》を張り灰を入れたものである。

「ひいさま！　あら、また火桶を抱いてる」

「寒いんだもの。乙羽たちはよくはしゃげるわね」

さすがは男兄弟とお転婆に育ったという乙羽だ。雪を触って遊んでいたのか、袖に大きな雪の結晶が載っており、六角形が肉眼でくっきりと見える。

なるほど清少納言の言う「をかし」とはこういう感じか、と紫乃が得心していると、乙羽が「ひいさまが寒がりでいらっしゃるのだわ」と眉を寄せた。

「宮中でも、殿上童や若い官人たちは、張り切って雪遊びをすると聞きました。ずっと火桶を抱いている子どもなんてひいさまくらいですよ。子どもなんてみんな身体が温かいんだから」

「寒がりな子どももいるの」

短く反論したその時、風が頬に当たり、紫乃はぶるっと震えた。

と、その時、「ひいさまー」とこちらを呼びながら駆けてくる犬君の姿が見えた。

後ろから阿古が「犬君っ」と焦ったような声を上げるのが聞こえる。

「見てくださいひいさま、雪うさぎを――あっ」

「あ」

嫌な予感がすると同時に、犬君が部屋の火鉢に躓《つまず》いた。次の瞬間、中の炭がひっくり返され、炭が一気にもわっと母屋中に舞い上がった。


「――なるほど、それで昼間は随分な騒ぎだったのだね」

「ええ。いくつか調度も汚れてしまって。幸い小さな火だったので、火事にはなりませんでしたけれど」

朝から走り回って大変だった。あまり立ち上がって移動するのははしたないと言われる貴族女性があちこち奔走していたくらいである。

うんざりした様子の紫乃を見て、源氏は少し笑った。紫乃はその様子を恨めしく思いながら見つめ、小さく息を吐く。

――ここしばらくで、紫乃も少し彼にも慣れてきた。どこか得体の知れなさがある男だと思っていたが、紫乃が正体を告げてからは不穏さもあまり感じない。

「衣装に汚れがあったりはしないか？」

「着物をしまっていた唐櫃は別の場所にあったので。衣桁《いこう》に掛けてあった衣は被害を受けたようですけれど」

「そうか。それなら、そのぶんまた新しい布を贈ろう」

「ありがとうございます、お兄さま」

　布か。着物ではないのかと思い、紫乃はげんなりする。

　確か、貴族女性にとって縫い物は教養の一つだったはずだ。自らの衣を仕立てたり、夫の衣を仕立てたりするのは、女君の仕事である。

「どうした？　何かあったかな」

「いえ……。わたし、『昔』から縫い物は苦手なものですから。あちらで衣を手に入れるときは、自分で縫うよりも、既に作られたものを買うか、良い衣を仕立てるのは専門の職人に依頼するのが普通で。そうでなくても、あっという間に縫い上げてしまう器具があって」

「それはすごい」

　とはいえ紫乃としてはミシンよりは手縫いの方がまだマシなのだが。一度誤って指ごと布を縫い付けそうになり、それ以来ミシンに触れることすら敬遠している。

「それより、お兄さま。今日は参賀に行ってらしたのでしょう。素敵な装束ですね」

　正妻・葵上《あおいのうえ》の住まう左大臣邸から藤壺のところまで年賀の挨拶に行っていたという源氏は、当然参内するのに相応しい正装、束帯《そくたい》装束姿である。

　平安時代の装束の良し悪しはよくわからない紫乃でも、立派な仕立てであることがわかる衣だった。特に袍《ほう》を纏める石帯が高価そうだ。黒漆塗りの皮に、瑪瑙《めのう》の飾りが提《さ》げられている。

「もしかして左大臣さまからの贈り物ですか」

「……ああ、そうだよ。石帯や沓《くつ》を用意していただき、身支度の手伝いまでしていただいた」

「すごいですねえ」

太政大臣が置かれていない今、左大臣といえば帝の一の臣だ。光源氏の正妻である葵上は左大臣の大君《おおいきみ》なので、彼にとって左大臣は義父となる。

しかし、そこは光源氏――さすがは桐壺《きりつぼ》帝のもっとも寵愛《ちょうあい》する息子である。左大臣も彼の機嫌を取るのに必死らしい。あるいは、彼の美貌や魅力が、そんな重臣が世話をしたくなるほどのものなのか。

「もしかして左大臣さまは、葵上さまとお兄さまがなかなか打ち解けないから、気を揉んでいらっしゃるのかしら」

「……紫乃、源氏物語とやらにはそんなことまで書いてあるのかな」

「ええもうばっちりと」

「ばっちりと……」

ゼミで軽く触れただけのテキストでも、葵上と光源氏のぎくしゃくぶりは窺えた。女御として入内《じゅだい》することも考えられていた帝の妹腹の姫君。しかも光源氏よりも年上で気位が高く、姫君が素直になれずにいるうちに夫婦の距離が開いてしまった——非常によく知られるエピソードである。

「そうはいっても北は本当に頑なでね。言葉もろくに交わしてくれないものだから」

「お兄さまったら、浮気なご気性を知られている上、仲が冷えてしまっているときに『わたし』をこの邸に迎えてしまったでしょう。二条院に引き取った姫君こそが源氏の君鍾愛《しょうあい》の女性なのだ、なんて噂が流れれば、ご令室としては腹立たしいに決まってますよ」

平安時代と令和では価値観が違うが、夫がよそで好き勝手していてどうでもいいと思う妻はさすがにいないだろう。いくら色好みといったって限度がある。

それに二条院の姫君が十かそこらの幼子であることがどれほど伝わっているのかは知らないが、いずれ誰かの耳には入るだろう。

紫乃は声を潜めて言う。

「色好みの若い公達だって、普通は十歳の子どもを囲おうなどとは思いませんよね。だったら、あまりわたしを構ってばかりいると、源氏の君はどうして幼い子を囲おうと思ったのだろうという疑問を持たれて、悪ければ藤壺の御方まで辿《たど》り着かれてしまいますよ」

「……」

「御年も上で取っつきにくいからと敬遠なさっていないで、葵上さまと仲良くなさらないと、不都合が生じるのはお兄さまのほう……お兄さま？　なんですかそのなんとも言い難い表情は」

「いや……」源氏がやや死んだ目で言う。「今は紫の君であるあなたに言われてしまうと、なんだろうか……複雑な気分だ」

「そうはおっしゃいますが。わたしは千年も先の世界の人間で、『源氏の君』を自分の婿君だとはとても思えないものですから。仕方ないでしょう」

「つれないな。あなたにとって私は魅力的な男には見えないのかな？」

「いや別に、そういうわけではないですけど。わたしにとって、この時代の美的感覚は少し難しいので」

繰り返すようだが紫乃は「綺麗な人」と「とても綺麗な人」の見分けがつかない。

そうか……と、紫乃の応《いら》えに半ば呆然と返す源氏は、今まで女性に「容姿があまりぴんとこないのよ」などと言われたことはなかったに違いない。何せこの世のものならずとまで言われた、「きよらなる玉の男皇子《おとこみこ》」である。

（それに、魅力的か否かという前に、現実感がない）

ただ、紫の君こと紫の上は、十四になり裳着を済ませたあと、光源氏と契ることとなる。あと数年で名実ともに夫婦にならなければならないことを思うと、紫乃としてもそれまでに元の時代に戻るか、あるいは成仏したいものだった。

　このままこの世界が源氏物語の筋を辿らず、源氏が正妻・葵上を喪《うしな》わずにいれば、『紫の君』の運命も変わるかもしれないが――。

「なんにせよ、もっとご令室と仲良くしてください。それに色好みの男君としても困るでしょう？　光る源氏の君は麗しい女君よりもほんの幼い子どもをめでる方がお好きなのだとかいう噂が流れたら」

「紫乃、あなたは二十二歳なんだろう？　私よりも年上じゃあないか」

「屁理屈をこねないでくださいお兄さま」

　お兄さま、を強調して紫乃が言うと、源氏は肩を竦めてみせた。

「……そうか、しかし、あなたは二十二歳なのか。葵さまと同じ年だ。あまりそういうふうには感じられないが」

「どういう意味ですか」

「あの方も、少しはあなたのように子どもらしく親しみを感じさせる態度を取ってくれればよいのだが」

「………どうせわたしは大人らしくないですよ。そればかりかやりたいことも将来の夢もないし、これといった取り柄もないし、人のために何かできるわけでもないし、薄っぺらい人生を送ってましたよ」

「ははは、そう腐るな。あなたにもきっとあなたにしかできない何かがある」

笑いながら言われても説得力がない。

紫乃は溜息《ためいき》をつくと、かぶりを振って話題を変えた。

「藤壺女御さまのご出産、もうじきですよね。無事に生まれればいいですが」

「ああ、そうだね」

――言ってはみたものの。光源氏とその父帝・桐壺帝の女御の不義によって生まれる子は、彼らの罪そのものだ。

あらためて、源氏がとんでもないことをしでかしていることを思い出した紫乃は、目の前の男を呆れた目で見つめた。

2

「お兄さまはあっちこっち出掛けて帰ってこないのに、わたしばかり邸でじっとしていなければならないのは不公平じゃない？」

「まあ姫様」

冬が終わり春を迎え、寒さが失せていく頃には、紫乃は自分の行動範囲の狭さ加減に嫌気が差してきた。源氏は通う女君も多く、二条院は里邸に過ぎないので家を空けている期間が長い。紫乃は退屈を持て余していた。

「そもそもわたし、邸の様子すらよく知らないわ」

二条院は公卿《くぎょう》の邸としては典型的な寝殿造で、一町ほどの敷地を持つ。寝殿と東西の対および中門を備え、光源氏は東の対、紫の君——紫乃は西の対に住んでいた。

その他には念誦堂《ねんじゅどう》、御倉《みくら》、下屋《しもや》といった雑舎《ぞうしゃ》があるのだが、紫乃としては西の対から出ることもあまりないので、外のことどころか、邸の全貌すらもよくわかっていなかった。外に出て、気分転換くらいしてみたい、と思う。

「中将の君がお帰りにならないから、悋気《りんき》を起こされて。いつまでもお子さまのようでいて心配でしたが、少しずつ大人におなりですのね」

「悋気……まあ嫉妬には間違いないけど」

ただし嫉妬は、ほかの女君に対してでなく、源氏ばかりが自由に出歩いていることに関してのものだが。

感動した様子の少納言乳母の勘違いを正さないでいると、いそいそと万葉の恋歌をいくつか取り上げ、いまだあまり歌が得意ではない紫乃に覚えさせた。いずれ源氏の前で口ずさんでみせろということらしい。確かに、源氏に限らず貴族の風流な男君といえば、恋の場面でさりげなく教養を見せると喜ぶ印象がある。

紫乃はことあるごとに源氏を自分の婿君として扱おうとする女房たちにげんなりし

て、まだ友人としての意識がある女童たちに寄って行った。――『同年代』の女房たちよりも子どもたちのほうが親しく感じるなど、源氏に子どもっぽいと言われても言い返せないかもしれないが。

「あなたたちはどうなの。奥向きの女童だし、そうそう外には出ないでしょう。退屈はしないの」

「いいえ、わたしはお邸の奥で女房のお姉さま方やひいさまの御用を伺《うかが》ったり、手習いなどをしているほうが、性に合っていますもの」

「わたしもです。高貴なお方の女童とは、そういうものです」

「ええ？　乙羽はそうでもないでしょう。少し前、前栽をくぐって抜け出して、都大路のあたりを散策してきていたし」

「犬君っ」

乙羽が慌てて犬君の口を塞ぐ。

少し離れたところにいる女房たちには聞かれなかったらしい。乙羽はおそるおそる少納言乳母のほうを窺い、ほっと息をついた。

「もう、犬君は本当にっ」

「まあまあ。でも、いいな。わたしも閉じこもってばかりいないで、外に出たいわ」

確かに貴族の邸に仕える女童としては、昼日中から外をほっつき歩いているのはよくないのだろうが、息が詰まるのだしこっそり外出くらいしたいだろう。この邸に上がるまでは実家で兄弟と駆け回っていたという乙羽ならば尚更だ。

内裏女房のきらびやかさの印象が強いので、貴族の女君というのはいつでも着飾っているように思えるが、家ではそれなりに楽な恰好をしている。むしろ女房が主人のために着飾ることが多いくらいで紫乃のいつもの姿もそう派手でない。心根が深窓の姫君でないので、紫乃もお転婆な女童を装えば外に出られるやもしれない。

少し気分が明るくなったところで、女房から、西の対に源氏の君がお越しだという報せがあった。呼び寄せられたので、脇息《きょうそく》に寄り掛かりながら「入りぬる磯《いそ》の」と言ってみると——つい先ほど覚えさせられた恋歌の一部だ——彼は少し驚いたような顔をした。

「おや、紫乃。あなたにそういう機転があるとは、意外だ」

「失礼な……」

「ならば本当に私を恋しい、会えずに恨めしいと言ってくれているのか」

「ああやっぱりそういう歌なのですか、これは。乳母がわたしに覚えろと」

「相も変わらず風情がないなあなたという人は……」

打ち解けてきたからか、源氏は近頃割と物言いに容赦がない。紫乃は鼻を鳴らした。

「口に出してみたら、考えを深めることになるかもしれないじゃあないですか。学びて思わざれば、と言うでしょう」

「ほう、あなたは歌はわからないのに論語はわかるのか」

こちらの世では和歌よりも一般的な教養だと言えば、源氏は興味深そうな表情をする。——一般的な教養というのはいささか盛り過ぎだったかもしれない。ほんの一部がよく知られた慣用句になっているというだけなので。

源氏が、風情がない紫乃に琴を教えてくれるというため、大人しく習う。箏《そう》に触れたことはあったので簡単な調子くらいはすぐに覚えられる。源氏はここでも少し意外そうな顔をした。本当に遠慮がなくなってきている。

「お兄さまは見らく少なく恋ふらくの多き、とさぞかし多くの女性から思われているのでしょうけど、ご自分で思うことはぜーんぜんないんでしょうね」

「年下」の男に馬鹿にされ続けて思わず嫌味を呟いてしまってから、紫乃は「あ、ちょっと言い過ぎたかも」と思った。——なにせ最近は密通相手の藤壺女御に若宮が生まれ、不義密通のことで二人はぎくしゃくしている頃のはず。源氏は今まさに好きな人に「会えることは少なく恋しさばかりがつのっている」真っ最中だ。

（さすがに怒るかも）

紫乃は少し身構えた。

が、意外にも源氏は「そうでもないさ」と飄々《ひょうひょう》と応じる。——拍子抜けだった。

源氏の母、桐壺更衣によく似ているという藤壺女御。母恋から生まれたとされる藤壺女御への想いは、彼女によく似た「紫の君」に繫がれている。

（「紫の君《わたし》」の顔が藤壺女御に似てるから、怒らないのかな。見かけが似てたって、紫の君と藤壺女御は別人なのに）

なんだかな、と思う。

真実、藤壺女御の身代わりにされていた「本来の」紫の君は、虚《むな》しくはなかったのだろうか。あるいはこの程度、平安時代の貴族女性としては気にすることでもないのだろうか。

（やっぱり、光源氏ハーレムの一員になるのはなんか嫌だよなあ。恋愛観違う人の妻になるのは本当に疲れそうだし）

このままでは「源氏物語」の通り、紫乃は光源氏と結婚一直線、「紫上」になるのが既定路線だ。なんとか源氏を葵上一筋にして、鴛鴦《おしどり》夫婦にできないだろうか。源氏が正妻以外に目を向けず、二人仲良く暮らしてもらえれば、紫乃としても心の安寧が保たれるのではないかと思うが——。

「ん……？」

そこで紫乃ははっと我に返った。

葵上と光源氏を鴛鴦夫婦にできたところで、葵上は確かお産の後すぐに亡くなってしまうのではなかったか。

それも、源氏と関係を持っていた六条《ろくじょう》御息所の生霊に取り憑かれて。

（六条御息所は前東宮《とうぐう》の妃で、光源氏の愛人。たしか、教養高い年上美人だったけど、嫉妬深くて光源氏に疎ましがられる、みたいな役回りだったはず……）

それで正妻葵上に嫉妬するあまり生霊となり、葵上を取り殺してしまうのだ。

――となるとこのままでは、この世界でも、葵上は嫉妬に狂った六条御息所の生霊に取り殺されてしまうのでは？

「……あの、お兄さま。お兄さまは今も、六条御息所さまのところにお通いなのですか？」

「あなたは御息所さまのことまで知っているのか……驚くことにも疲れてきたな……」

頭が痛そうな顔で源氏がかぶりを振る。

まあ、確かに紫乃になる前の「紫の君」は、源氏の女性関係を把握などしていなかっただろうから、その反応も無理はない。

「……御息所さまのもとか。最近はあまり訪れていないが、それがどうかしたかな」

「六条御息所さまのことは、冷淡になさらない方がいいと言いたくて。心が離れたからといって、あからさまに鬱陶しそうにしたりするのは避けるべきだと思います」

「というと？」

「あまり彼女を顧みないでいると、よくないんです。もしもこの世界が、わたしの知る源氏物語の通りに進んでしまうのなら、葵上さまが危ないかもしれない」

源氏に袖にされた六条御息所が、嘆きと嫉妬のあまり、葵上を取り殺してしまうことになりかねない。

源氏がふむ、と言って眉を寄せた。

「……それは、穏やかじゃないな。私が御息所さまに冷淡にすることで、葵さまが危険に晒《さら》されると？　一体、どういう経緯で？」

「物語上では、六条御息所さまの生霊が、葵上さまに取り憑いて、殺してしまうということになっていました。とはいえ、あくまで物語の話ですから、この現実世界で同じことがそっくり起こるとは言えないのですけど……」

何せ現実で、生霊が人を殺すなど突拍子もない話だ。物語の世界に入り込んだ紫乃自身が輪をかけて突拍子もない存在ではあるのだけれども。

「いや、しかし無視をするわけにもいかない話だ。私は以前にも、恋した女性を生霊のせいで亡くしているからね」

「え？　あ、そうか、夕顔《ゆうがお》の君……」

紫乃が思わず心辺りを口に出せば、そうだ、と源氏が苦い顔で頷く。

夕顔の君は源氏物語序盤に登場する中流貴族の女君で、光源氏との逢引《あいびき》のさなかに不審死を遂げる。光源氏十七歳の出来事だ。

今、源氏は十八か十九とのことなので、夕顔を亡くしたのも一年から二年くらい前のことのはず。となると、源氏にとっても夕顔の不審死は、まだ強く印象に残っている出来事なのだろう。

となると、源氏としても六条御息所が生霊になって葵上を取り殺してしまう可能性は除いておきたいのかもしれない。

「しかし具体的に、御息所さまを生霊にしないためにはどうすればよいのかな。あるいは、その恨みを葵さまに向けさせないためには……」

「そうですね……。御息所さまが葵上さまを恨むきっかけになった出来事なら心当たりがありますけど」

源氏物語第九帖葵巻に、車争い、というエピソードがある。

賀茂祭《かものまつり》のある日、葵上の乗った車の供と、六条御息所の乗った車の供が祭の場所取りの際に揉め、六条御息所の乗った車が壊れてしまうという、源氏物語でもよく知られるエピソードだ。そこで六条御息所は、葵上の車のせいで、惨《みじ》めな思いをさせられ恥をかかされる。

「なるほどな」

「ただ、その車争いの話も、二年くらい先のことですから。今から気をつけるとなると、やはり御息所さまに冷たくしすぎない、葵上さまとべたべたしない、くらいしか思いつかないです。結局、お兄さまの態度次第かもしれないですねえ」

「難しいことを言うね」

「お兄さまがややこしくしてらっしゃるんでしょう」

とはいえ、難しい話だ。六条御息所を放ったらかしにしないようにとは言っても、そもそも正妻がいる以上、六条御息所ばかりに心をかけるわけにもいかないのが彼の立場だ。

何より、源氏の本命は藤壺女御だろう。現時点で心の中心にいない二人のことを、源氏はどこまで気にするだろうか。

（前途多難だ……）

——いい考えが浮かばないうちに、その年七月に藤壺女御が立后し、中宮となった。

それからしばらく、源氏は二条院には帰らなくなった。

3

しばらく会わなくなったからといって、まったく便りがないわけでもない。あなたが慕わしいですよという内容の歌が、薄様《うすよう》に花が添えられて届けられる。

敷地の庭を散策していると、門の方角からわだちの音がした。牛車が門の前につけられている。源氏ならもう少し立派な車を使うだろうから来客かと思い慌てたが、中から出てきたのは惟光である。

「こんにちは、従者どの。今日は牛車でお越しなのね」

「おや姫君、こんにちは。徒歩《かち》だとよくなかろうとお貸しくださった方がいたのですよ。……しかし外遊びですか。高貴な姫君というのは人前に顔を晒さないよう、奥にいるものですよ」

「従者どのまで、乳母のような小言はやめてください」

確かに貴族女性ともなると何から何まで世話をしてもらい、邸の奥で大人しくしているのが普通だろう。しかし貴族女性ならばみな深窓というわけでもない。内裏に仕える女官や后妃付きの女房は、宮中の儀式などでは殿上人の前で奉仕することもある。人前で顔を晒すなんて品がないなどと言う暇《いとま》もないはずだ。

しかしこちらがそう反論する前に、惟光が肩を竦めてみせた。

「ところで姫君は、宰相中将さまはどこか、とはお聞きにならないのですか？」

「お兄さまがお越しならもう少し物々しいでしょう。だからお一人だろうと思って」

なるほど、と惟光が苦笑する。面布で相変わらず顔を覆っているが、源氏とはまた違う色香が漂う人だと思った。彼よりやや年上だからだろうか。

「もしかしてわたしにお手紙ですか？」

「はい。お渡しするようにと、言われてまいりました」

惟光の差し出す文を受け取る。この場で開けるわけにはいかないので、紫乃は「ありがとう」とだけ言った。

「……といってもきっとまた恋の歌なのでしょうね。困ります」

「姫君、そのようなおっしゃりよう、主が悲しまれます。あの方は姫君との文のやりとりを楽しみにしているのですから」

「まさか。お兄さまはわたしが歌を詠むのが苦手なのをご存じなんですよ。それをわざわざ歌を返さなくてはならないような形式の手紙で……。普通に恋歌を読み交わす楽しみというより、ご自分は素晴らしい歌を詠んで、さあこれに劣らない歌を返してみなさい、と、わたしを試すことを楽しみにしていらっしゃるに決まってます」

「それはそうかもしれませんが」

「もう少し否定する素振りを見せてくださってもいいのでは？」

　この主従、こういうところが少し似ている。

「とはいえ、いずれは本当に歌を読み交わす楽しみを味わいたいと思っていらっしゃる。姫君もなるべくお早くあの方にふさわしく、上品で、風情を解し、教養ある女君に成長あそばしますように」

　今の紫乃では品が足りず無粋で教養がないから光源氏に並ぶに足りぬと言いたいらしい。紫乃は頰を引き攣らせた。

「……従者どのってお兄さまがかなーりお好きですよね」

「従者としては当然ですとも」

　惟光が面布の下でにっこりと笑ったのがわかった。

　源氏物語でも、惟光は乳兄弟であることもあって光源氏のもっとも信頼篤い従者であり、生涯忠誠を誓っているというように描かれていたが、目の前にするとそのとおりの人だとよくわかる。しかも、主従揃ってなかなかの性悪である。

「姫君はなぜ主がこちらに帰ってこないのか、とはお聞きにならないのですね」

「お兄さまのことですもの、通う女君がたくさんいらっしゃるでしょう」

「姫君はそう仰いますが。あの方をすき心なしと仰る方もなかなか多いのですよ」

　そんな馬鹿な。正妻ばかりか藤壺女御、六条御息所、夕顔、軒端荻《のきばのおぎ》、末摘花《すえつむはな》、源典侍《げんのないしのすけ》に紫の君。これほど多くの女性と浮き名を流していながら、堅苦しいと言われるのか、と紫乃は愕然とする。

それとも、源氏が女性遍歴を隠すのがうまいのだろうか。あるいは長く続く愛人が多いわけではないから、そういう評価になるのか。

「主上に釘《くぎ》を刺されてしまったと。宰相中将さまは反省していらっしゃるのです」

「といいますと？」

「二条院の姫君に心をかけすぎるのは怪しからんと。御妻室である左大臣の大君とは冷淡な仲なのに、二条院にいるという幼げな人とばかりいるのは、左大臣のお心を傷つけることになる、と」

「ごもっともですね」

あなたが言うのかという顔をされたが、そもそも紫乃は源氏には葵上と親しくしていてほしいと思っている。このまま令和に戻ることも成仏することもできないのなら、源氏物語の筋を辿って愛人が多くいる男の妻になるより、このまま兄妹のような関係でいられた方がありがたいからだ。

「では、私はそろそろまいります」

「あ。従者どの、待ってくださ——」

本当にただ紫乃に文を渡すだけのつもりだったらしい。さっと狩衣《かりぎぬ》の裾を翻して踵《きびす》を返す惟光を呼び止めようと走り出し、紫乃は袴を踏んでつんのめった。

「わっ」

あわや顔から転ぶ、というところで紫乃はさっと伸ばされた腕に抱えられた。目を瞑《つぶ》って受け身を取ろうとした拍子に、振った手が何かの布を剝ぎ取った感触。

「姫君、お怪我《けが》はありませんか」

「は、はい。ごめんなさい、従者どの……あ。これ、すみませんでした」

紫乃は抱えられながら体勢を立て直し、剝ぎ取ってしまった布――惟光の顔を隠している面布だった――を差し出した。顔を上げ、惟光を見る。布に隠されていた顔は、思った通り整っていた。

しかし、紫乃が布を渡そうとしても、何故か惟光は真顔のまま、紫乃を黙ってじっと見つめていた。もしかして怒らせてしまったかと後ずさりしかけたとき、惟光が顔を背けてくしゃんとくしゃみをした。

「すみません」

「いえ……こちらこそ」

なんだ、くしゃみが出そうになる時、真顔で固まるタイプか。居候先の主人の従者のどうでもいい習性を知ってしまった紫乃は、面布を返す。

「――失礼。それで、どうしました？　何か用があって私を呼び止めたのでしょう」

「あ、いえ。ほら、わたし、しばらくお兄さまに会えていないでしょう。だから、その、六条御息所さまのことをお忘れにならないように、改めて言っておきたくて……」

「ああ、言葉を濁さずとも主から聞いておりますよ。引き続き御息所さまへの態度に気を配るように、主に申し上げておきますね」

「あ、はい！　ありがとうございます」

源氏は紫乃の忠告について、惟光にも伝えていたらしい。紫乃はほっとして、そのまま惟光が車で去っていくのを見送った。

なんにせよ葵上には、紫乃の心の平穏のためにも、是非とも長く生きていてもらいたいものである。

4

「ご令室がご懐妊？　おめでとうございます！」

「……まあ、ありがとう、というべきなのだろうね。あなたに手放しで喜ばれると複雑なものがあるけれど」

それからしばらく時が経ち。

ほとぼりが冷め、源氏がぽつぽつと二条院の邸にも顔を出し始めたころ。

賀茂祭の見物に連れて行ってくれるというので、乳母や右近、去年の暮に裳着を済ませた阿古らと身支度をする。余所《よそ》行きの恰好をしたところで西の対に源氏がやってきたので出迎え、惟光に用意してもらった車に同乗する。

そこで、紫乃は葵上の妊娠を知ったのだった。

「あなたの記憶では、葵さまの産む子は元気な男御子だったか」

物見のために外出する貴族が多いからか、常より遥かに道が混み合っている。そのため車はいつもよりもゆっくりと進み、車の立てる物音は少ない。だから紫乃と源氏は牛飼童《うしかいわらわ》に話の内容を聞かれないよう、より意識して声を絞り、言葉を交わした。

「ええ。ただ、その時に……」

「葵さまは六条御息所さまの生霊に取り殺されてしまうと」

「わたしとしても信じられない話ではあるのですが。わたしがいた未来では、物の怪や霊というものは基本的にいないものだとされているので」

「令和の世とやらの常識はわからないが、あなたの読んだ源氏物語というのは、本当に私の人生を描いた書物らしいな。ただ、結果的に、葵さまと御息所さまの車の場所争いは止められなかったが……」

「えっ。そうだったんですか？」

「ああ。そもそもお二人がいらしたのは、私が賀茂祭の御禊《ごけい》の日に供奉《ぐぶ》として参列するから、それを見るためだったらしい」

（げっ、そうだったっけ……）

御禊とは賀茂斎院《さいいん》が賀茂川の河原で禊《みそぎ》をすることだが、源氏はその行事の参列者だったらしい。供奉をしていたのなら、そもそも車争いの現場に行けるはずもないので、阻止するなど不可能だ。肝心な記憶がすっぽ抜けていた紫乃は頭を抱える。

「ごめんなさい……使えない記憶で……」

「いや」と、源氏が苦笑する。「お二人が見物の場所を巡って争ったのは偶然だったらしい。だから、たとえ私が参列者でなくともどこでそんな争いが起きるのか、あらかじめわかっていなければ、車争いを止めるのは難しかっただろうね」

「ああ、なるほど。そもそも賀茂祭の一条大路は混雑しすぎて、どの車がどこでどう争っているのかなんて、見てわかるものじゃなさそうですものね……」

ということは、もとから車争いを阻止するというのは無理難題だったということか。紫乃の知識が中途半端なせいで、紫乃も源氏も余計に気を揉んでしまった。

（そもそも、本当に生霊になんかなるのかな、六条御息所って）

物の怪が人を取り殺す。――非科学的だ。到底信じられないが、しかし、ここが物語文学の世界だとすると、何が起こるのかわからないのも事実だ。

実際、源氏物語では、六条御息所は自分の衣に護摩《ごま》を焚《た》いたときに香る芥子《けし》の匂いがついてしまったと思い悩んでいる。

というのも、六条御息所の生霊が出た——葵上に取り憑いた——とされているのは、まさに葵上のお産のさなかである。平安時代貴人のお産といえば大事で、左大臣邸での葵上のお産は、祈禱のために修験者や僧が詰めかけて祈りを捧げ、これでもかと護摩が焚かれる中で行われた。

普通にしていれば、六条の邸にいる六条御息所の衣に護摩を焚いたときに香る芥子の匂いがつくはずがない。それなのに、衣に芥子の匂いが纏わりついてしまったということは、生霊として自分が左大臣邸に現れたから、その匂いを持ち帰ってしまったのだ——ということで、六条御息所は思い悩むのだ。

ただ、現実にそんなことが起こりうるとは思えない。非常に不可解だ。

（まあ、物の怪のせいじゃなく、このまま葵上の「不審死」が起きるなら、産後の肥《ひ》立《だ》ちが悪くて亡くなる、とか。あるいは……）

人為的に引き起こされる、とか。

——そうであるなら、殺人事件ということになってしまうが。

（とはいえ何も起きてない今から考えても無駄かな……）

そもそも、もしも生霊がこの世界に本当に存在するのだとしたら、紫乃としてはどうすることも出来ない。験者《げんざ》に期待するしかない。

一条大路あたりに差しかかると、混雑は輪をかけて酷《ひど》くなっていた。といっても人の気配に噎《む》せ返るということではなく、牛車が混み合って動けないというだけなので、紫乃としては長期休暇終わりに混雑する高速道路を思い起こさせる光景である。

「なかなか動きませんね。昨日の——御禊の際も混雑していましたか？」

「随分と。あなたなら想像がつくだろう」

それもそうだ。葵上と六条御息所が場所争いをするくらいなのだから。

とはいえ道には車ばかりということは、牛がひしめいているということでもあるので、獣臭い。紫乃もここに来てから令和とは違う空気にようやく慣れてはきたものの、牛や人の纏う香の匂いが混ざる異臭は好きになれず、さりげなく鼻と口を袖で覆った。外で供をする惟光は、面布があるから平気なのだろうか。

「あ、車の間を縫って列を逆走する子が」

「小舎人童《こどねりわらわ》だろうね。仕える主人から何かを言いつけられたら走っていくのが彼らの役目だ」

「忙しない……」

左右近衛府《さうこのえふ》の馬場の殿舎あたりまで来て立ち往生していると、場所を開けてくれようとする車があった。檜網代《ひあじろ》の箱の表面に、家流の標識となる文様を緑青《ろくしょう》の青地に黄で散らす文車は、その車の主が誰かを判断できるものなので、源氏が乗っていると推測しての声かけだろう。紫乃はまだ文様で家流を判別はできない。

（あれ、でも、女車だ）

女車とは女房が外出の際に乗る牛車のことである。だいたい、男が使う牛車よりもやや小さい作りをしている。

牛車の物見からそっと外を覗いてみると、その車の簾《すだれ》から、衵《あこめ》の襲《かさね》やら女房装束の袖口が覗いている。それなりの人数が乗っているようだ。

見事な唐衣裳の出衣《いだしぎぬ》。ということは、高貴な家の姫君か、宮中の高い位の女官が乗っている車だろうか。

様子を窺ってみれば、何やら源氏がやりとりをしている。こちらの車の簾を上げて会話をしないのは紫乃が同乗しているからだろう。相手の声はあまり若くないように思える。

さらに覗き見ると、どうやらそれなりに年配の女性のようだ。

ただ気になるのは、源氏と会話をしながら、ちらちらと違う方向を気にしているようだということ。

（どこを見てるんだろう）

車の外にいる、惟光をはじめとした供人たちだろうか。

それにしてもあの光源氏を前にして、他の者を気にするとは、なかなかすごい。

「……やあ、場所を譲ってくれるそうだよ」

「それはよかったです。中に乗っているのは誰なのか、とは聞かれませんでしたか？」

「そういうところを追及なさるような無粋な方ではないよ。好色ではあるが遠慮を知る方だ」

好色で高貴な身分で年配の女性。となるとやはり。

「もしや源典侍さま」

「……あなたはあの方のことまで知っているのか？」

ぎょっとした様子の源氏に、紫乃は少し笑ってしまった。——老典侍をめぐって源氏が悪友の頭中将《とうのちゅうじょう》と一悶着《もんちゃく》あった話は源氏物語でもよく知られる話とはいえ、実際周囲の人々の噂の種にはなっていないはずなので、源氏の驚きはさもありなんである。

「書いてありましたので。典侍さまをめぐって頭中将さまと共にむきになったと」

「……源氏物語というのは凶悪な書だな。架空の物語として私達の暮らしを人々に余すところなく伝える……」

「わたしの世界では、架空の物語として源氏物語は伝わっていますけれど、お兄さまの世界では、史実としてお兄さまのことが語られる書ができるかもしれません。あることないこと脚色されてお話を作られてしまう可能性もあるのですから、こちらの源氏物語ばかりを恨んでいても仕方がないと思いますよ」

「そうなれば紫乃、あなたも先の世の女房らに私とともに題材とされ、根も葉もないことを物語として作られ、後世に伝えられてしまうかもしれないな」

「そんなことになる前に成仏して、紫の君をお返しします」

「祈禱で無理だったのに、どう還るつもりなのかな」

「それはこれから考えていくのですよ」

まあ考えたところで答えは出そうにないのだが。

＊

「──え？　祭りで殺人事件が？」

「そうなんだ」

翌日。

二条院から参内して帰ってきた源氏に、紫乃は完全に寝耳に水の話を聞かされることになった。あの、祭の見物客でごった返している中で、なんと刃傷《にんじょう》沙汰があったらしい。

「それはなんとも恐ろしいですね。あの中で、そんな騒ぎがあったなんて。まったく気づきませんでした」

「しかもそれが、物の怪の仕業なのではないかと噂になっていてね」

「物の怪？　ということは、犯人は捕まっていないのですね」

生身の人間が、こいつが犯人だと捕らえられているのなら、そんな噂は立ちはしない。通り魔事件だろうか。

「犯人が煙のように消えてしまって奇妙な事件だと、知り合いの検非違使佐《けびいしのすけ》が言うものだから。物の怪による不審死かもしれないというから、あなたの話を思い出してしまってね」

「ああ……」

検非違使佐というと、京都の治安維持を担う警察組織の次官だろうか。さすが源氏は顔が広い、と紫乃は感心半ばに頷く。

「私の意見も聞きたいと言うんだ。だから何か助言をする前に、あなたの意見も伺ってみようかと」

こういうことは本来姫君に話すようなことではないが、紫乃なら恐ろしがらずに聞いてくれそうだと思って話したらしい。確かに、聞くだけならば別にそこまで怖くはないが、神経の細い女人だと、こういった話だけで気絶してしまう者もいるとか。

（繊細さがないって言われてるような気がするけど……）

「でもどうして、物の怪の仕業などと？　まさか、あの、六条のその……御方さまがかかわっていそうなことなのですか？」

「それはないな。死んだのは男で、式部少輔《しきぶのしょう》だ。六条のお方とかかわりのあるような男ではないよ」

式部少輔。——確か、源氏の悪友の一人だった男だ。数年前までは藤式部丞《とうしきぶのじょう》と呼ばれていたはずである。それなりに色好みな男だった覚えがあるので、これで藤原氏ともなると、多くの女性が泣かされてきたと思われる。

知り合いの死だったから、源氏に話が行ったのだろうか。

「どうして、検非違使庁の方は、その方の死を物の怪の仕業などと言い出したのでしょうか。痴情の縺《もつ》れによる刃傷沙汰で、ただ祭の混雑に乗じて犯人が逃げただけの話なのでは？」

「まあ、そうだね。正直なところ、物の怪の仕業などと言い出したのは、検非違使たちが犯人を捕まえられなかったから、そう言い訳をしているのだろうと私も思う。ただ、奇妙な状況で殺されていたのは本当のことなんだ」

「奇妙な状況？」

紫乃が眉を寄せると、源氏は「ああ」と頷く。

「式部少輔は車の中で腹を刺されて死んでいた。その場に流れていた血の多さからも、それは間違いない。祭からいざ帰ろうとする際、供の者が外から声をかけても返事がない。しかも中から、何やら血生臭さを感じたので、怪訝《けげん》に思って中を覗き込むと──式部少輔が死んでいたそうだ」

声をかけて死んでいた、ということは、それまで彼が死んでいることに誰も気づいていなかったということか。

「……待ってくださいお兄さま。それはおかしいでしょう。車の中で死んでいたということは、牛車を引く者や、歩いて供をする者だっていたはずです。車の中に押し入って、刺殺したのだとすると、周りの人間が目撃していないとおかしいじゃありませんか」

悲鳴は布を口に詰めるなどして誤魔化しても、それまでの過程が目撃されていないとおかしい。しかし式部少輔が死んだことは、誰にも気づかれていなかったという。

「だから奇妙なんだよ。式部少輔が連れていた供はそう多いわけではないが、話を聞いても、誰も異常に気付かなかったと証言するんだ」

「祭の見世物に気を取られていたにしても、変ですね。いくらぼうっとした供だったとしても、主人への襲撃があったらさすがに対応するはずでしょうし」

紫乃は首を捻る。一体どういうことなのだろう。

「あんな牛やら車やら人やらがひしめいている中で、貴族が独り歩きをしていたら、目立ちませんか？　殺意を持って式部少輔の車を目指していたのだとしたら、少なからず挙動不審でしたでしょうし。そういった不審な人物を目撃した方はいらっしゃらないのですか？」

「いいや」

「ううん……」

捕まっていないというなら、まあ、有用な目撃証言もなかったのだろう。

「あの、容疑者——疑いをかけられている者はいるのですか？」

「疑わしい者は、確かにいる。賀茂祭の見物に出掛けていて、式部少輔に恨みを持つ女性だ。大納言家の姫君の女房だそうで」

「女性なのですか？　男君を刺殺するのに？」

「ああ。私もそれは難しいのではと思ったのだが、その姫君は随分と式部少輔に手ひどく扱われ捨てられたようで、心を病んでしまったと。そしてその女房は姫君の乳姉妹で、姫君を本当の妹のように鍾愛していたらしい。だから、もっとも恨みが深いとすれば彼女だろうと、検非違使庁も判断したのだと」

「そうですか……」

怨恨ゆえの殺害。令和でも女性が男性を刺し殺すのは体格差で難しいのに、この時代の貴族女性が男性を刺殺なんて——と思ったが、ありえなくはない、か。平安時代の貴族女性とて、刃物くらい持っている。鉄の鋏《はさみ》、髪を削《そ》ぐための小刀。ただ、男性側が抵抗すれば、普段出歩くことのない貴族女性など、あっという間に制圧されてしまいそうなものだが。

それに、そんな騒ぎがあれば、やはり周りが気付かなければおかしい。

「その女房が捕縛されていないのは、証がないからですか？」

「それもあるが。賀茂祭の見物の間中、その女房は同じ車に乗っていた、と別の女房たちの証言があったそうなんだ」

「えっ」

つまりアリバイがあったと。なら、そもそもその女性に殺害は不可能だ。

「では、他に犯人の目星は？」

「今度は恨みを持つ男を探してみたらしいが、もともと彼は同性に恨みを持たれるような類の人間じゃなくてね。なかなか見つからない」

「ああ……そういう方っていらっしゃいますよね」

「そう。それでは他に恨みを持つ女は、と探してみたが、殺《あや》すほどの恨みとなるとその女房くらいでね。……まあ、何が人を殺める理由になりうるかなど、わからないものではあるが」

「そうですか……」

紫乃は益々《ますます》眉間の皺《しわ》を深くする。

他に恨んでいそうな人物といえば姫君の親兄弟だが、それほど高貴な人間となると、自ら殺害を実行したりはしないだろう。それに、仮に姫君の家族が手の者を使ったにせよ、『何故誰も式部少輔が死んだことに気づかなかったか』という疑問が残る。

そもそも何故、犯人は式部少輔の車がある場所がわかったのだろう。昨日の京の大通りといえば、車車車で何が何だかわからなかったというのに。

（やっぱり通り魔的な犯行……？）

しかしそれなら、襲われた時に式部少輔は騒いだはずだ。——堂々巡りである。

「紫乃、この事件については何か記してあったりはしなかったのかな」

「いいえ」

源氏物語に殺人事件などという物騒な話があればさすがに記憶しているはずだが、生憎覚えがない。自殺の話があったかなかったかくらいで——そもそも、主人公光源氏が亡くなるまでは、彼と彼の周囲にいる女君の話で物語が展開するので、彼が体験していない事件はあまり書かれていない。

「ずっと一緒に車に乗っていたという女房たちが共謀して、皆で揃って嘘の証言をしていたということも考えたらしいのだけれどね」

「だけれど、というと」

「どうやら本当に、くだんの女房は車の中にずっといたらしい。牛飼童や供人がそう証言している」

供も別に、ずっとその牛車を監視していたわけではないが、ちらと見ればいつもくだんの女房を含めた全員が揃っていたのだそうだ。

なるほど――と紫乃は呟いた。確かに離れた場所にある式部少輔の車まで走ってゆき、戻ってくるとなると、しばらくの間牛車を離れていなければならない。時折確認していたとなると、やはりずっと車に乗っていたと考えるべきか。

ならばやはり他に容疑者が――?

「あなたでもお手上げか」

「お兄さまは意外そうにしてくださいますが、わたしも別に、特に目ざといというわけではありませんから。ただ、だからといって物の怪の仕業にするのも……」

「短絡的ではあるね」

ただ、源氏としては有り得なくはないと考えているようだった。

紫乃としては行き詰まってもなお、何かトリックがあるはずだと考えてしまうが。

「……ここで諦めたくない気がする。お兄さま、少し待って。考えます」

「あなたは意外と負けず嫌いだ」

では少し東の対で休んでくるからじっくり考えておいでと言い残し、源氏がその場から去る。

それを見送り、紫乃は反古紙《ほごがみ》の束と筆を取り出して聞いたことを紙に書き付けていく。

あらかた整理したところでふと思い出す。

「……あ、そういえば」

昨日、出かけていたのは源氏と紫乃の車ばかりではない。二条院からは、二人を乗せた牛車の他に、女房二人と女童二人が乗った牛車も、供についてきていた。

「――犬君！　犬君はいる？」

「はい、おります。ひいさま」

源氏と紫乃が二人でいるときは、召使いの女房や女童は邪魔をしないように離れているが、声が届くところには誰かしらいるようになっている。

寄ってきた犬君は、紫乃と源氏の前で深々と頭を下げた。

「ひいさま、何かご用ですか？」

「そうなの。犬君、あなた、昨日わたしと源氏の君さまが乗っていた車の、後続の牛車に乗っていたでしょう？」

「はい。乗っていました。京があんなに賑《にぎ》わうのは葵の祭くらいですから、皆珍しくて、はしゃいで。阿古姉さまや乙羽と、あの見世物がよかった、この見世物がよかったとおしゃべりをしました」

なんだそれは。楽しそうだな。

紫乃は女の子同士きゃあきゃあいいながら祭見物をしていたという女童たちを心中羨みながら、「なら、頻繁に外を見ていたのね」と続ける。

「ねえ犬君、外を見ていて何か気づいたことはない？」

「気づいたこと、ですか」

「何もなかったら阿古や乙羽たちにも聞くつもりでいるのだけれど。まずはあの時人形の異変に気づいたあなたに聞こうと思って。……そう、おかしなことよ。怪訝に思ったり、違和感を覚えたり、そんなことはなかった？」

「……ええと……」

犬君が悩むように首を捻る。それから「あっ」と声を上げた。

「小舎人童を、見ました。車が列になって進む方向に逆らうみたいにして走っていった……」

（そういえば、いた）

紫乃と源氏も見かけている。確かあの時は、主人のお使いで走り回っているのだろうと思ったが。

「……それが変だと思うのね？　何がおかしかったと思う？」

「うーん。なんだったかは……」

細かいことへの観察眼は優れているが、犬君は感覚を言語化することが苦手だ。辛《しん》抱《ぼう》強く待っていると、犬君はふと「あ」と目を瞬いた。

「走り方です。走り方が変だと思いました」

「走り方？」

「あと、ちらっと見えただけですけど、あの人、とても美人でした。きれいなお顔立ちで……」

一瞬だったろうによく見ている、と感心する。紫乃は、顔まで見る余裕はなかった。美少年を傍に置きたがる貴族は多いので、美しい小舎人童は別に珍しくはないだろうが。

（走り方が不思議な、しかも『美人』な童か……）

となると、もしかしたら――。

「お兄さま、やはり例の女房が犯人なのではないでしょうか」

紫乃が東の対を訪れると、源氏は脇息に凭《もた》れながら書を読んでいた。

主人の御座には、奥には御帳台が構えられ、その前方に二帖の畳の上に茵《しとね》を置いた座が設《しつら》えられている。背後には屏風《びょうぶ》が立てられ、二階厨子や二階棚など、調度の品々が並べられていた。

西の対よりもやや豪奢《ごうしゃ》な設えを興味深く見ていると、源氏が顔を上げて紫乃を見る。

「おや。何かわかったのか」

「なんとなく。証は何もありませんが、やはり女房が疑わしいのではと思います」

ふむ、と言って源氏が口の端で笑った。

「……彼女はずっと車の中にいたのだよ。同乗の女房も、車の供の者たちもそれを確認している」

「同乗の女房たちは、やはり共謀関係にあったと考えていいかと思います」

同乗者が皆、姫様付きの女房なのだとしたら、その姫の乳姉妹という女房ほどではなくても、少なからず式部少輔に恨みを抱いていたはずだ。乳姉妹の女房が復讐をしようとしたなら、それを手伝おうとしてもおかしくはない――貴族女性の女房は、心を込めて仕える姫君をお世話する。

そんな姫君が大きく傷つけられたとあらば、皆怒りを覚えるだろう。

「そうか。それはいいとして、牛飼童や供人の証言はどうなる？　揃って、女房らは全員が中にいたはずだと言っているだろう？」

「……『いた』とは？」

「ん？」

「『いた』というのは具体的にはどういうことなんでしょうか。牛飼童や供人は女車の中を覗いて中に全員いるか確認していたと？」

「……！」

源氏が目を見張った。こちらの言いたいことを察したらしい。

「そうか、出衣……。袖口が人数分、牛車の簾の下に出ていたのだな。『全員車の中にいた』という供の者らの証言を聞いて、私は勝手に、牛車の中を見たものと思い込んでしまっていたが……実際は、供の人間は牛車を外から見て、垂らした袖口の数だけで『全員中にいる』と判断したのか」

「はい。女房たちが車に乗ったとき、そのように人数分の裾先を簾の下から出しておき、供人に確認させる。そして、出した裾先をそのままに、中で着替えた一人が、供や牛飼童が見世物に気を取られている隙に車から降りる。そうすれば、時折、出衣の様子を見たところで、供人たちは、中にいる人数に変わりなしと判断します」

女房装束は多くの衣を重ねるので、中に常と違う衣を着ていてもわからないだろう。車の中で袿《うちき》、打衣《うちぎぬ》、表着《うわぎ》、唐衣を脱ぎ、化粧を落として単姿になった上で、例えば――小舎人童が着るような水干と袴を着用すれば変装になる。

成人女性でも、背丈が高くなければ少年に見える。髪が邪魔になりそうだが、結って烏帽子に隠してしまえばなんとかなるはずだ。さらに、忙しそうに走ってゆけば、まじまじと人に顔を見られることもないだろう。

（男物の衣の用意も、難しくはないはず）

複数の女房が犯行に関与しているとなると、仕立てが得意な女房もいるだろう。そもそも貴族女性にとって縫い物は習得しておくべき嗜みだ。

「確かに、童姿ならそう目立たないな。大路にも童はたくさんいた」

「ええ。変装し車から抜け出した後は、式部少輔の車を目指して走ったんでしょう」

紫乃や犬君が目撃したというあの童が怪しい。犬君が言う『走り方がおかしい』というのは、あの童が本当は女だったからだ。

いつでも膝行で移動しなければならない深窓の姫君と違い、女房はくるくると働かねばならないが、歩くことはともかく走ることには慣れていないだろう。だから、犬君がおかしいと感じたのではないか。

「では、女房はどうやって式部少輔の車の居場所を知ったのかな」

「……それはさすがにわかりません。だから、想像になってしまうのですけれど」

紫乃はおずおずと告げたが、源氏が構わない、と言うので、そのまま続ける。

「はい。あの……あらかじめ教えられていたのではないかと、思うのです。混み合わない場所に目星をつけておいて、当日示し合わせて確実に会えるように」

「教えられていた？　……乳姉妹の女房と式部少輔の間に親交があったと？　姫君を貶《おとし》めた男と付き合いがあったと言うのか？」

「ええ。あくまで報復のための布石として」

犬君や紫乃の見た童が例の女房だとすると、彼女は美人だったはずだ。

——たとえば、こんな筋書きはどうか。

姫君を慕う女房は、復讐を誓った。そしてその女房は憎悪を隠し式部少輔に近づき、その美貌を活かし彼を籠絡した。しかし大納言家に恨まれている式部少輔にとって、大納言家の美人女房との恋は危険なもので、人目を忍ばねばならなかった。

なかなか逢瀬《おうせ》を重ねられない二人は、賀茂祭でこっそり会う計画を立てた。そして式部少輔は変装をして抜け出してきた女房を、供人の目が離れた隙に、自ら車の中にこっそり招き入れた。

男車であれば上げているのが普通の簾を下ろし、二人はこれからひっそりと愛を交わすことになる。烏帽子と水干を脱ぎ、乳姉妹の女房は単姿になると、彼に抱きつくように見せかけて、隠し持っていた小刀を、腹に突き立てた。上から思い切り体重をかければ、非力な女性でも、男を刺し殺すことはできたはずだ。

くぐもった悲鳴は祭の喧騒《けんそう》に飲み込まれ、聞こえない。あるいは咄嗟に布を嚙《か》ませたか、口を覆ったか。周囲に悲鳴に気付かせない方法はそれなりにあるだろう。

単には返り血がべったりついただろうが、袴についていなければ別に構わなかっただろう。上から水干を被ってしまえば問題ない。

そうしてまた隙を見て牛車から降り、女房は小刀をそのままにして自分の車に戻る。血塗《ちまみ》れの単を脱ぎ、協力者の女房たちに手伝ってもらいながらまた女房装束を身に纏った――。

「他の女房が味方なら、血に濡《ぬ》れた単の始末もそう難しくないでしょう。洗うにしても、燃やすにしても」

ただ、昨日の今日だ。

協力者がいたところで、返り血を浴びた単をすぐになんとか出来たかはわからない。何か調べれば出てくる可能性もある。

「大納言家ともなると調べるのは難しいかもしれませんが……」

「いや。有り得そうな話だ、知らせておこう。……よく思いついたものだね」

源氏が微笑《ほほえ》み、紫乃の頭の上に手を置いた。

「見目が似ていても、似ていないものだね。あなたが中に入っているからか」

「はあ……」

――似ていない。というと、藤壺中宮に、だろうか。

彼の愛する女性。桐壺帝が最も愛した女性、桐壺更衣に瓜二《うりふた》つだと入内し、母親の代わりに帝に愛されるようになった彼女と源氏は、いまや互いに不義に悩む関係である。紫の君が見出されたのも、彼女の存在があってこそだ。

（それとも、「紫の君」と似ていない、ってこと？）

だが、それも仕方のないことだろう。紫乃と紫の君は別人なのだから。

「……お兄さま。わたしがご不満なら、ちゃんと魂を令和の世に還す方法を考えてください。わたしだって、お兄さまに紫の君をお返ししたいと思っているのですから」

「不満などと、そんなことは思っていないよ。あなたは大変興味深い人だ」

源氏が立ち上がる。見上げた彼の顔は逆光でよく見えなかった。

不満に思っていない、と。――それもそれでどうかと思うが。消えてしまった紫の君を惜しんでいないように聞こえてしまう。

「だからあなたは変わらずいなさい。よろしく頼むよ、紫乃」

＊

――その後。

源氏の口添えもあって、式部少輔の殺害事件は解決したらしい。やはり犯人は大納言家の大君の女房で、そのほか家の女房の多くが事件に協力していたと明らかになった、という。

源氏が検非違使に助言をしたことは広く知られ、事件の真相がわかったのは源氏の君のおかげだ、と京では評判のようだが、源氏は『二条院の女君』の知恵を借りたから真相がわかった、と言っているらしい。

（なんでわたしのことに言及なんかしたんだろう）

二条院の姫君の「手柄」を喧伝《けんでん》するためか。

確かに二条院の姫君——紫の君のことは、京中に知られてしまっている。源氏の大将殿は二条院のお邸に女をお迎えしているらしい、その女君というのは並一通りのご身分ではないようだが、幼げで教養のなさそうなお方らしい——。

紫の君がどこの何者なのか知る者は、身内以外となるとほとんどいない。だからこそ好き勝手な噂が流れるわけだが、源氏の君はあまりいい評判だといえなかったそれを変えたかったのだろうか。

（未来の妻になる人だから？）

だからあえて紫乃に考えさせたのだろうか。囲った女は切れ者であると周りにさりげなく示すために？　……あるいは紫乃を試したのだろうか。

光源氏最愛の藤壺中宮に似た紫の君を乗っ取った紫乃が、真に何者であるのか、どんな目的があるのか知るために——。

紫乃が下を向いていると、「姫様、大丈夫ですか」と心配そうに女童たちが顔を覗き込んでくる。

「大丈夫よ」紫乃は笑顔を作った。「……ねえ、それより、左大臣の姫君のご容態について、何か聞いていない？　阿古」

「葵上さまですか？　そうですね。ここしばらくはお苦しみだとか。お邸では、御修法などもおさせになっているそうですよ。源氏の大将さまもよく左大臣邸に行かれていますよね」

「そう……。心配だわ」

やはり、葵上には六条御息所が取り憑いてしまっているのか。

それとも、単に妊娠に起因する体調不良か。まだ産み月には早いはずだが。

「恋敵なのに、姫様は葵上さまをよくご心配なさりますよね」

「……別に、恋敵ではないわ」

「えっ、でも、大将さまは姫様の婿君になられるお方ですよね」

そうだろう。しかしそうなるように引き取られたのは紫の君であって紫乃ではない。

しかも、彼が見ているのは紫乃どころか紫の君ですらない。

葵上はどう感じているだろう。敏《さと》い女性だというから、源氏がいったい誰の方を見ているのかも、気づいている可能性もあるかもしれない。

「母子ともに、無事だといいのですけれど」

紫乃はぽそりと呟く。

――しかし、その紫乃の祈りは届くことはなく。

源氏物語の筋書き通り、旧暦八月半ばに葵上は命を落としてしまうことになる。

第三章　薄墨衣

嘆きわび空に乱るるわが魂を結びとどめよしたがひのつま

1

旧暦晩秋の折、紫乃は邸を訪れた惟光から葵上が男の子を産んだことを聞いた。

まだ葵上の体調が思わしくないらしく、源氏は葵上のそばを離れられないものの、葵上のことを気にしている紫乃のために報せに来てくれたという。

「元気にお生まれになったそうですよ。お方さまのご体調も、よくはないとはいえ快方に向かっているようです」

「えっ、本当ですか？」

紫乃としては源氏に、葵上の死を回避するために六条御息所の恨みを募らせないように気を配ってほしい、というくらいの助言しかできていない上、源氏がそれを受けてどう行動を変えたのかもよく知らない。

「それなら、筋書き通りにはならなかったということでしょうか」

「そう願いたいものです」

六条御息所の生霊は現れなかった、のだろうか。

だがそもそもの紫乃の記憶が曖昧になってきている。何せ、平安時代に来てから、四年近くが経ってしまっているのだ。大学の授業で扱っただけのテキストを、細部まで長く覚えてはいられない――いつどのようなタイミングで六条御息所の生霊が現れ、葵上に取り憑き殺したのか。もう安心してよいものかどうかも。

「そのような憂い顔をなさらず、紫乃」

「従者どの」

「このまま、我らはお方さまのご体調が戻ることを祈っておりましょう」

「そうですね。……あ、従者どの。一つ思い出したことが」

「なんでしょう」

朧《おぼろ》げな記憶を引っ張り出し、紫乃は惟光に言づける。

「記憶では、葵上さまは、たしか……左大臣邸から多くの人が出払っているときに、苦しんで亡くなりました。それが具体的にいつかは、思い出せないのですが」

「そうなのですね。人が出払う日……」

惟光は少し考えるようにしてから、頷いた。

「かしこまりました。大将の君にお伝えしておきましょう」

——しかし、紫乃の忠告もむなしく、葵上は秋の司召《つかさめし》の日に亡くなった。

まるで物の怪の仕業のようにすら思える突然死だったらしい。すぐにその報せは京中を駆け巡り、数日後には多くの弔問客が左大臣邸に詰め寄った、という話だった。

「院までもがご愁嘆あそばして左大臣邸にいらしたそうですよ」

「左大臣さまは面目を施されて、お喜びでしょうね」

「今日はお客様のすすめに従って、招いた修験者に蘇生《そせい》の秘法をおさせになったとか。源氏の君も賛同なさって」

「まあ。でも、さすがにそれじゃあねえ……」

二条院の女房たちもひそひそと噂話をしているが、やはり紫乃としては、気になるのは弔いの客のことではなく、葵上の死因についての話だ。

「ねえ、お聞きになって？　左大臣邸に物の怪が出たという噂」

「まあ、左大臣の大君のお産の際に？　では、突然苦しんで亡くなったというのは、物の怪の仕業？」

「生霊のせいなのではないかというお話よ。ほら、源氏の大将さまは六条のお方のもとへ通ってらっしゃることもあったでしょう。でも、最近はこじれてしまったとかで、通う足も途絶えがちになって……」

「それで源氏の君の御子を産む葵上さまをお恨みに？　まあ……」

「――あまり故人の噂話で盛り上がるのはよくないと思うわ」

紫乃が女房たちの会話に思わず口を挟むと、噂をしていた女房たちは気まずそうな顔になる。

「まあ、姫様」

「そうですわね。申し訳ありません」

もはや六条御息所の怨霊が葵上を取り殺したという噂は、二条の邸の中だけには留まらないようだ。

非常に身分の高い人の噂話なので、京中に際限なく広がるということはないだろうが、なんとも苦い気分だった。仮にも葵上の死を止める手助けをしたいと思っていたのに、何もできなかった紫乃としては――。

「もっとわたしにも、できることがあったのじゃないかと思ってしまって」

紫乃が阿古や乙羽、犬君らにそう零《こぼ》すと、三人は互いに困ったように顔を見合わせた。葵上の死で苦い思いを抱える紫乃の心理がよくわからないこともあって――彼女らは源氏物語のことなど知らないので――戸惑っている様子だ。

「でも、姫様。怨霊の仕業ではどうしようもございませんわ。怨霊の仕業でなかったとしても、お産で体調を崩したのでしたら、なおさらどうしようもないことだと思います」

「御気の毒ではありますけれど、あくまで葵上さまのお産のことは、左大臣家のみなさまの問題ですし……」

「それは、そうなのだけど」

実際に、会ったことすらない人だ。苦い気持ちはあれど悲しみはない。できれば助けられたらいいと思っていただけで、結局は他人の死だ。紫乃が気にする必要はないのだろう。

――ただ自分のことだけを考え、「死なないでほしい」と言うだけ言って、薬になるかどうかもわからない助言だけをして、いざ亡くなったら「あーあ」で済ますことは、苦い気持ちを抱かせる。

「ねえ、あなたたちは、物の怪が人を殺すと思う？」

「え？」

「霊は本当にいるのかしら。もしいても、人を取り殺すことなんてできると思う？」

また三人は顔を見合わせる。

一番初めに口を開いたのは乙羽だ。

「あり得ませんわ。霊など存在しません。たとえ物の怪を見たとしても、それは心の呵責《かしゃく》による幻。思い込みです。左大臣の大君さまが亡くなったのが物の怪の仕業というのは、迷信深いひとの勝手な考えでしょう。そもそも、お産は女にとって命がけのもの。お産のあったばかりでお亡くなりなら、後産のもつれですわ」

「心の呵責による幻？　そう……そういう考え方もあるのね」

「現実的な意見だと思います」

何かにつけて物の怪の仕業にするのがこの時代の考え方だと思っていた紫乃は、乙羽の意外な答えに目を丸くする。物の怪を心理現象と捉える者もいるらしい。

「そうかしら。幻だと言い切ってしまうのは乱暴じゃないでしょうか。物の怪についての逸話は多く残されていますし、それに、実際に葵上さまは突然お亡くなりになってしまったのでしょう？　わたしは、葵上さまのお産についての詳細は存じませんが、葵上さまが儚くなってしまわれたのが、死霊や生霊、鬼の呪いのせいではないとどうして言い切れるのかしら」

そう阿古が言う。するとすぐに乙羽が反論する。

「そもそもその霊そのものが、存在しないと言っているんです。鬼や呪いなんて、頭から信じるのは馬鹿馬鹿しいわ」

「馬鹿馬鹿しいなんて。普通の考え方だわ」

「ちょ、ちょっと。阿古、乙羽、二人とも落ち着いて」

紫乃はあわてて、ヒートアップしそうな阿古と乙羽を制止する。

常から乙羽は勝ち気な現実主義者で、どちらかというと阿古の方がこの時代の一般的な感性の持ち主だ。やはり、物の怪は実体という理解のされ方のほうが普通か。

情報がない状態での、いるいないの議論は無駄かもしれない。

「難しいことはわかりませんが」と、犬君。「大将さまはご傷心であられるんですよね？　それなら、ひいさまは、いずれ帰っていらっしゃる大将さまをお慰めすることができれば、それでいいんじゃないでしょうか」

確かに、と乙羽が頷く。「姫様、犬君の言う通りですわ。左大臣の大君さまのご供養は左大臣家の皆さまでされますよ。あまりお気になされないほうがいいです」

「それに物の怪や霊などと、あまり物騒なことばかり考えていると、悪いものが寄ってきてしまうかもしれませんわ。もしも物の怪の仕業だとして、それが六条のお方の怨霊だったら……姫様も」

それ以上は口に出してはいけないと思ったのか、阿古が途中で口を噤《つぐ》む。

――確かに物の怪の仕業だったら、源氏に囲われている『二条の姫君』も危ない可能性があるのか。

源氏と関係を持った女君のうち、夕顔の君も物の怪の仕業としか思えないような不審死を遂げている。源氏物語で、紫上はまだ随分生きるはずだが、紫乃も他人事のままでにはいられないかもしれない。

2

葵上の葬儀が執り行われてから、源氏は左大臣邸に籠り切りで二条の邸に帰ってくることはなかった。おそらく、四十九日のあいだは帰ってこないだろう。

裳着はまだだが、源氏の留守のあいだに紫乃は十四歳となり、成人ということになった。

紫乃のおぼろげな記憶では源氏物語で紫の君の裳着がどのように執り行われたのかは曖昧だが、さすがに父である兵部卿宮――藤壺中宮の兄である――に認知はさせただろう。

「源氏の君さまがお帰りになられたら、すぐに儀式も執り行われるでしょうね。立派にご用意してくださるでしょう」

「そうね、乳母」

しかしさすがの紫乃も覚えている。紫の君の裳着は源氏との新枕の後に行われる。裳着をした後に結婚の儀式をするのが、当時の本来の順序である。だが物語では、源氏は新枕と三日夜《みかよ》の餅《もちい》の儀式――結婚の儀式のことだ――を裳着より先にやってしまっていたはずだ。

こんな苦い気持ちのまま新枕を交わせと？　――なんの冗談だ。

（そもそもわたしは紫の君じゃない）

この数年間紫乃は、どうあってもいずれ「紫の君」として源氏の妻にならなければいけなくなるという現実に目を瞑り、源氏と兄妹のような関係を続けてきた。

だがもう元の時代に戻ることができないのなら、「紫上」になる覚悟を決めなくてはならないのだろうか。

（憂鬱だ……）


――葵上の法事が終わり、四十九日が明けて少し日が経ってから、ようやく源氏は二条の邸に帰ってきた。

女房たちも女童たちも皆着飾って出迎え、源氏帰還の日の二条の邸といえば大層な賑わいだった。あまり意識してはいなかったが、この邸でも彼の人気は凄《すさ》まじい。

美形はどんなところでも得だな、なんて思いながら紫乃は源氏の前に出て「お帰りなさいませ、お兄さま」と挨拶をした。

「ああ、姫君。お元気そうでよかった。長い間留守にして済まなかったね」

「いいえ。お兄さまもお忙しかったのでしょうから。ただ、お兄さまのご不在を寂しくも思っておりました。早くお帰りになってほしいと」

　嘘をつけ、と源氏の笑顔が言っている。

　別にまるきり嘘ということもない。早く帰ってこいと思っていたのは本当だ。

「……そういうのは意地悪だわ」

「お兄さまは歌で聞かせて欲しい。上達はしたかな？」

　使用人たちのあいだから笑い声が上がる。

　他愛のないやりとりをしていても、周りの期待を感じる。成人をしたのだから裳着と結婚を済ませてしまえという圧だ。

「今日のあなたは特にとても美しく装っている。しばらく会わないあいだにすっかり大人におなりだ」

「お兄さまこそ今日もお美しくていらっしゃいますね」

　今日の紫乃の装いは赤みがかった紫――濃色の袴に小袖をつけ、その上に表に蘇芳の浮織物、裏に二藍を合わせた葡萄染《えびぞめ》の細長姿だ。

　高価な織物を使った装いは、華やかすぎるということもない冬のかさねの色目だが、この日の準備をした少納言乳母が張り切って用意したものなので、源氏の目にもきっと品の良いものに見えているのだろう。

「……お兄さま。お留守のあいだのことなのですが」

「そうだね。話はしたいのだけれど、諸々を話すのは不吉なようにも思われる。しばらくした後にまた」

紫乃が口を開けば、そう返ってくる。

確かに、葵上の死のことは——そして源氏物語の筋書きではどうなっているのかといったことは、人目につくところでする話でもないだろう。

＊

日を改め、紫乃と源氏は東の対の庇《ひさし》の間で紫檀《したん》の十三路の碁盤を囲んでいた。

碁盤を見下ろしながら紫乃は「お兄さま」と口を開いた。いったい何の気を遣っているのか、周りには人気がない。

「葵のことかな」

「……はい。北の方さまにおかれましては、お気の毒でございました。……ただ、お生まれになったのは男御子でしたとか。おめでとうございます」

「ありがとう。……あなたの言った通りになったな」

置かれた碁石が、小さく乾いた音を立てる。紫乃が顔を上げると、源氏はどこか疲れたように笑っている。

「一体、何が起きたのですか。六条のお方が怨霊となって葵上さまに取り憑き、殺したともっぱらの噂です」

「もうそんなことが噂に？　……それでは御息所さまはお心を痛めておいでだろうな」

「京では噂は足が早いでしょう」

確かにと源氏が頷く。

伝わって欲しくないことほど早く広まってしまうのは平安時代に限ったことではないが。

「……ただ、わたしとしては未だに信じられないのです。物語にも怨霊のせいだと、そうありましたが、どうしても」

「紫乃の令和の世では物の怪は架空のものとされていたのだったか。それならば信じられないのも無理はない」

「……そういう、仰りようですと、まさか」

そうだよ、と源氏が目元を手で覆い、溜息をついた。

「確かに御息所さまの霊は現れた。あの方は葵さまに取り憑き、私と会話をした。祈禱が苦しいから緩めてくれと」

「……それは」

葵上の口を借りて、ということは、葵上が物の怪に憑かれたふりをして、源氏と話すことはできたのではないか。どうしてそんなことをしたのかはわからないが。

そう思ったが、紫乃がそう言う前に源氏が続ける。

「あれは葵さまではなかった。話し方も細かな仕草も何もかも、御息所さまを思わせた」

「そう、なのですか」

六条御息所も葵上もよく知る彼がそう言うのなら、そうなのかもしれない。だが、

「――お兄さま。失礼は承知の上で申し上げるのですけれど、ただの思い込み、ということはございませんか。乙羽が言っておりました、物の怪というのは己の良心の呵責が生み出した幻だと」

「乙羽が、幻と？　あの子は聡明《そうめい》と聞くが、あなたと似たものの考え方をする子らしい」

「そのようですね。……お兄さま、わたしはお兄さまに、六条のお方のことをご忠告申し上げたでしょう。そのことが心に引っかかってしまっていたら、その引っかかりがお兄さまに幻を見せたということはありませんか」

ただでさえ出産は修羅場そのものだ。左大臣家の大君のお産ともなれば、高名な僧や験者、比叡山《ひえいざん》の座主《ざす》やらが詰め掛けて、祈禱をするだろう。火炉のある護摩《ごま》壇を置き、護摩木を焚き、火中に供物を投じる。辺りは投じられた米、胡麻、豆、それから

芥子などの匂いが充満する。

修法を日常的に執り行い、慣れている平安の人間でも、恐らく異様なほどの力の入れようだったに違いない。

そんな非日常的な光景の中で、源氏の心理が物の怪を生み出してしまった可能性はないか。

「……そうだな」源氏の声は低い。「そう言われてしまうと、その可能性は否定できないと私も思う。葵さまのあの言葉はただのうわごとで、物の怪が取り憑いていたのではなかったと――」

「では……」

「ただ、物の怪が泣きわめくのを聞いたのは私ばかりではない。あれは異様だった。……そして異様に思ったからこそ験者たちは祈禱に力を入れたし、そのおかげで物の怪が去った。私にはそう思えてしまう」

「そうですか……」

物の怪に関しては平安時代の一般的な感性の持ち主とはいえ、現代的な理屈も解する彼がここまで言うとは。

(源氏物語では、六条御息所の衣に芥子の香りがついたって話もあるしなあ)

そうだとすると、葵上の異変は物の怪のせいである、という疑惑が濃くなる。三条の左大臣邸で焚いた護摩の芥子の匂いが六条の邸にいた御息所の衣についた理由など、御息所が生霊として三条の邸に出没したからくらいしか紫乃は思い浮かばない。

「あの、お兄さま。お産の子細は存じないのですが、その、物の怪……は一旦鎮まったのですか」

「ああ、そうだよ。泣き喚いたり恨み言を言ったりしていたが、そういう声が次第に小さくなっていってね。物の怪が弱まったときに子が生まれ、しばらくの間は落ち着いていた。言葉を交わす余裕もあった」

　その時に、祈禱をしていた験者たちは去り、人の気配も落ち着いたのだという。

「けれどその後、突然容態が急変して息を引き取ったのですね」

「そうだよ」

「その時物の怪は何か言っていましたか？」

「いや、聞いていない。葵さまが息を引き取る時、司召もあって私はそばにいられなくてね。近くにいた女房や大宮さまならあるいは……ただ、今わの際に彼女が、あるいは物の怪が何か言っていたという話は聞かなかった。ほんの少し目を離した隙に、とのことだったから、周りに誰もいなかったのやもしれない」

　容態が急変した際に物の怪が葵上に憑いているのを誰も見ていなかったのだとしたら、彼女の死は単に体調が悪化しただけかもしれない。

（けど、葵上は出産後快方に向かっていたと、惟光からも聞いてる。確実に良くなっていたから女房たちやお母様も目を離したんだろうし……一瞬で容態が急変して死ぬというのは、ちょっと不自然だよね……）

容態が急変し、即死。

物の怪でないなら——まさか毒？

（葵上を殺すために誰かが毒薬を盛った？　平安時代なら検死もそこまで正確じゃないだろうし、お産の直後の死なら産褥死《さんじょくし》だと思われそうだから、毒を盛られていても疑われにくいよね）

しかし、なんのために。

左大臣の姫ということは、まさしく深窓の姫君だ。そんな人が誰かに恨まれることなどあるだろうか。あるとしたら恋敵、それこそ六条御息所くらいなのでは？

「——紫乃？　どうした」

「あっ……ごめんなさい、お兄さま」

しばらくただ黙ったまま考え込んでいたらしい。源氏に声を掛けられて、紫乃ははっと我に返る。

辺りを見回せば、いつの間にか暗くなっている。手もとの灯では心もとない。いつの間にか近くにあった灯が取り除かれているのだとわかった。——女房たちの仕業か。

「……なんだかいろいろと考えている間に場を整えられました？」

「そのようだ」

灯を吹き消し、あとは共に褥《しとね》に入ればよいと。

源氏も止めていないということは、そうしてもよいと考えているということか。

「……新枕は裳着の後に済ませるものでは？」

「多少順番が前後したところで問題はないだろう」

ないわけないだろう。

呆れた目を向けると、源氏が薄く微笑んでいるのが、蠟燭《ろうそく》の灯で浮かび上がった。

「まあ、だが、枕を交わすのは、『ふり』でもいいかもしれないね」

「えっ、いいんですか」

「まあ、実際に契るにしてもあなたには気がかりなことが多すぎるようだから。真に夫婦になるにしてもその後の方がお互いのためだろう。……あなたは葵さまの死が物の怪の仕業であることに、まだ疑問を持っているのだろう？　そしてあなたはそういった、不可解な謎は真相が気になるたちだ」

見透かされている。生きている年数が自分よりも短い相手に。

紫乃は少し情けなくなりながら頷いた。「……はい」

「だとしたらあなたは納得するまで気もそぞろだろうからね。あなたが満足するまでは待とう。物の怪の仕業は覆らないと思うが」

「それは、どうも……」

ならさっさとその「枕を交わしたふり」をしてしまおうということで、とりあえず二人で御帳台に入る。

几帳と衝立《ついたて》に囲まれた中には高麗縁の畳があり、その上には唐錦《からにしき》の褥が敷いてあった。二人で寝そべると、源氏と紫乃の体格差がよくわかった。十四歳の少女の身体はまだ幼く、手足も短い。源氏の目はじっとこちらを見つめていたが、彼のそれは下心まじりの粘つく視線というよりは、実験動物を見るような興味深げなものだ。

「――話の続きだが。私はやはり物の怪が葵さまを殺したのだと思うよ」

「いやに繰り返しますね」

「何せ、思い返せば二度目だからね。あなたも、もしかしたら知っているんじゃないのかな」

二度目。知っている。その言葉に、紫乃はややあってから目を丸くした。「……もしかして、夕顔の君のことですか」

源氏が頷く。紫乃の記憶の限りでは、夕顔の死こそ不審死だった。妊娠していたわけでもなく、病を患っていたわけでもないのに、夕顔は突然死んだのだ。

源氏物語――夕顔巻。全五十四帖の四巻目なので、かなり序盤のエピソードである。

あらすじはこうだ。——六条御息所のもとに忍んで通うことが多かった光源氏は、惟光の母である大弐《だいに》の乳母を見舞った際、隣の垣根に咲く夕顔の花に目を留める。そのとき邸の主人である夕顔の君から差し出された和歌に興味を持った源氏は、惟光の手引きもあり、彼女のもとに通うようになった。

しかし逢引のさなか、源氏は深夜に恨み言を言う女性の霊に会う。すると夕顔はそのまま人事不省に陥り、明け方に息を引き取ってしまう。

そして惟光の手により、人目につかないうちに夕顔の亡きがらは東山《ひがしやま》の寺に送られ、そこで火葬された。

（夕顔の葬儀を終えた源氏は、夕顔の女房だった右近から、夕顔がかつて頭中将の側室だったことを知らされる……）

たしか夕顔とその頭中将の娘が、のちに源氏に引き取られる少女・玉鬘《たまかずら》なのだが、それは置いておくとして。

「本当に会ったのですか？　女性の霊に」

「それこそ、葵さまのときと比べると、夢か幻かはっきりしないけれどね。枕元に立った女が夕顔の君を引き起こそうとして、私ははっと目覚めたのだよ」

「それでは夢を見ていたのでは？　生霊は気のせいで……」

「だがその後、夕顔の君は突然亡くなってしまった。葵さまはお産で体調がよくなかったとしても、彼女の死は本当に唐突で不審だった。それはどう説明する？」

「物の怪の仕業以外に、どう——ですか」

しかも、これで源氏の周りの女性が、物の怪の仕業と思える死に方をしたのは二度目だ。不審が二度も続けば偶然とも思えなくなる。

「思い返してみれば、夕顔が亡くなる前に見たあの女性の幻、あれは六条御息所さまの声だったような気もする」

「それは……思い込みでしょう」

「そうかな。そうかもしれない」

源氏は否定しない。だが代わりに、紫乃のほうに迷いが生まれてきた。

こうなってくると、二つの女性の死には関わりがあったように思えてきてしまう。物の怪の仕業を否定するのなら人間の仕業であり、人間の仕業ということは殺人ということだ。手口が似ているのなら連続殺人という可能性も出てくる。

（しかも六条御息所は、葵上と夕顔、どちらにも恨みを抱いておかしくない立場）

高貴な女性が直接手を下すのは無理だ。ただ、配下の者ならばどうか。

女房を潜り込ませるのは難しい。中の品である夕顔となると、女房を多めに雇っていたとしてもせいぜいが七、八人だろう。夕顔も全員の顔を覚えているはずで、紛れ込ませられない。

下働きならば？　下じもの顔まで、高貴な女主人が把握しているだろうか。女童、雑仕——たとえば厨女。食べ物を作るのにかかわる使用人であれば毒を盛るのも簡単だ。

毒を手に入れるのもそう難しくはない。鳥兜《とりかぶと》も鈴蘭も探せば自生している場所を見つけられるはず。

（六条御息所が、嫉妬のあまり、手の者を使って邪魔な女を暗殺？　そんな馬鹿な）

だがもし、そうだとしたら、紫乃は——二条の姫君は。

源氏が二条院に女を囲っているということは知られた話だという。それならば標的に、紫乃自身もなりうるのでは。

「紫乃、大丈夫か」

「何がですか」

「震えているようだ」

安心させるためか、源氏が紫乃の肩を軽く叩《たた》く。

「大丈夫だろう。葵さまと夕顔の君の死が、もしも御息所さまの生霊の仕業だとしても、それは源氏物語、に書かれていたことだ。紫の君——紫の上は源氏物語で命を落とすのか？」

「いいえ。少なくとも、もっと先のことです」

「それなら怯《おび》える必要はない」

「そうでしょうか？」

確かに、おおむね源氏物語の筋書き通りに物事が起きている。葵は死んだ――だがこの日、手籠《てご》めにされるはずだった紫の君――紫乃は新枕の儀を先送りにした。否、できた。

そもそも紫の君に紫乃が憑依《ひょうい》した時点で、この世界が「物語の世界」として完全かと言われると、そうではないのではないか。

「わたしは何が起きても不思議じゃないような気がします。この世界にわたしという異物が混入した時点で」

「異物ね……」

「お兄さま、いえ、源氏の君。わたしはわたしのせいで紫の君を死なせたくありません。やはり、調べられることは、調べます」

「構わないが。調べた結果、物の怪の仕業だとしたらどうする？　そしてあなたを狙ってきたら。どうすることもできないだろう」

「わたしが魂をもって紫の君を守ります。むしろ源紫乃が取り殺されたら、この身体の主が戻ってくるかもしれない」

それを聞いて。

源氏が呆れたように肩を竦めたのが、暗闇の中でもよくわかった。

＊

しかし貴族の姫君ともなると外出に苦労する。人伝《ひとづ》ての話では知りたいことを知ることができるかはわからない。

そういったことをいろいろと悩みすぎて、数日は連続で寝過ごした。

そして気づけば新枕から三日目の夜になり、紫乃と源氏のもとに惟光から餅《もち》が差し出された。

「これ、なんですか？」

「三日夜の餅だよ」

なるほどこれが結婚三日目に食べるという餅か。

すっかり結婚のことなど頭から飛んでいた紫乃が納得すると、餅を持ってきた惟光が呆れた顔をしたのが気配でわかった。

「新枕を交わしたのでしょう、あなたがたは。ならば紫乃も儀礼のことくらい覚えておいで/でしょうに」

「それはまあ、耳が痛いですが。新枕もあくまでフリでしたので」

紫乃が言うと、惟光が不可解そうに片眉を上げた。

「フリ？　どういうことです」

「ああそれは」と、源氏。「どうにかして紫の君に身体を返すから、そのあと勝手に夫婦になってくれ、ということだそうだよ」

「……はあ。それは、なんといいますか。また面妖なことを」

なおも呆れたような惟光に、紫乃は唇を尖《とが》らせる。「面妖というのなら、そもそも裳着を済ませてから、新枕を交わすのが本来の手順でしょう」

それに、三日夜の餅も、本来であれば通ってくる男のために女の側が餅を用意し、男に食べさせるという形式のはずだ。そしてその後、女の家で婿とその従者とを供応し、舅《しゆうと》と婿が対面して互いに酒を酌《く》みかわす露顕《ところあらわ》しがある。——が、裳着をしていないので露顕しは宙ぶらりんになる。

そもそも源氏は三か月の喪が明けていない。面妖というのなら、結婚の儀礼を急がせる源氏のほうが面妖である。

「——ああ、そうだ。惟光」白一色の三日夜の餅を食《は》みながら、源氏は御簾《みす》の向こうに控える従者を見やる。「紫乃は、葵さまの死について、いろいろ調べる気でいるようだ。適宜、助けてやりなさい」

「葵上さまの？　それはまたいったい、何故……」

「私が、六条御息所の物の怪を見たという話をしただろう？　しかし物の怪の仕業とは考えられず、何か仕掛けがあるかもしれないと。……まあ、ないとは思うが、万が一葵さまの死が人の手によるものならば、私も犯人を知りたいからね」

「人の手によるもの？　まさか」

夜半だからと絞ってはいるが、驚いたような声を上げた惟光の顔が、紫乃の方に向けられる。

「ええ、まあ、あの、たとえ物の怪のせいでも、あるいは殺人事件だとしても、他人事ではないですから。真相が気になって」

「他人事ではない？」

「物の怪でも連続殺人でも、次に狙われるのは二条院の女君、かもしれないからとのことだ。私に近しい女性が不審な死を遂げているのは間違いないからね」

「まさか、考えすぎでしょう。源氏物語で姫君は亡くなったのですか」

「死んでいないけれど、それこそ万が一ですから」

はあ、と惟光が納得のいっていないなさそうな声で応える。

「そうだ。それで紫乃、調べるといってもどう調べるつもりでいるのか、聞いていなかったね」

「そうですね。まずは左大臣邸に伺って、お話を聞いてこようかと。連続殺人であるにしても、左大臣家内部の者の犯行にしても、情報が欲しいですもの」

「あなたが？」源氏が怪訝そうに紫乃を見た。「弔問という名目で行くにしても、披露目もしていないのだから、今は無理じゃないか。君が訪れるというのも立場的に変だ」

「披露目をしておらず、顔を知られていないからこそ今行くんです」

「というと？」

「女童としてお邸に上がらせていただこうかと」

源氏が餅を喉に詰まらせて噎せた。

そんなに驚くことだったか？　紫乃はあわてて源氏に水を飲ませる。

「ごほ、あなたは、いったい何を……」

「一時的な潜入です。今、姫君を亡くして悲しみに暮れた女房たちが次々里に下がってしまって人手が足りないと風の噂で聞きました。ですから身分を隠して出仕を、と」

二条の邸と左大臣邸の使用人の間には多少交流がある。乙羽は聡明で気は強いが社交的な性格なので、左大臣邸の女童に何人も友人がいるだけでなく、女房にも可愛《かわい》がられている。

その伝手を辿れば一時、邸に女童として潜入しても気づかれないだろう。

「そのような無茶なことを……。あなたのような高貴な姫君は、おいそれと外に出向くこともないものなのに、よもや女童として出仕など」

「まあ、従者どののおっしゃる通りですけれど。でも、これは紫の君のためなんです」

「大将の君さま」

止めてくれ、というように惟光が源氏を呼んだが、源氏はハハ、と少し笑った。

「あなたは本当に突拍子のないことを考えつくな。紫乃」

「大将の君さま……」

「惟光、そんな胡乱《うろん》げな目で私を見るな。中の魂は親王の姫というわけでもなし、本人がやりたいというのだからやらせてやればいい。言われてみれば確かに顔を知られていないし、うまく化粧をすれば身分を隠せるだろう。惟光、お前もあの家で親しい仲になった女房の一人や二人、いるだろう？」

「まあ、いますが……」

（いるんだ……）

お堅い従者だと思っていたが、色好みなところもあるらしい。

とはいえ惟光は女君の周りの女性と通じることで、源氏を女君のもとへ引き入れているわけで、それを思えば左大臣邸に出入りするうちに一人や二人、女を口説いていてもおかしくはないのかもしれない。

「お前からこっそり口添えして、手助けしてやりなさい」

「……はい。わかりました、そのように」

惟光が渋々と応える。先ほどからどこか彼の歯切れが悪いのは、女性関係の話を主人と紫乃の前でするのが居たたまれないからだろうか。

「じゃ、じゃあ、お兄さま──源氏の君」

「うん。うまくやれるというのなら反対はしない。……しかし紫乃、あなたに人のお世話や給仕などはできるのか」

紫乃は意地悪く笑ってこちらの顔を覗き込んでくる暫定夫の目を真っすぐ見返した。

「──できますよ。もちろん」

勝手が違えど給仕や世話だ。

何せ紫乃の唯一の取り柄といえば数々のバイトで培った、こまごまとした仕事を処理するそつのなさである。

3

猥雑《わいざつ》な大路小路を通り過ぎながら辿り着いた三条の屋敷──左大臣邸は、それは見事な寝殿造だった。紫乃の乗った牛車は、東の築地塀に面した檜皮葺《ひわだぶき》の棟門《むなもん》の扉から引き入れられ、近くの車宿につけられた。

遣《や》り水《みず》が下を流れる東透廊《すいろう》を行きながら、紫乃は庭の見事さに息をのむ。前庭の桜の木は若木老木さまざまあるが、中門廊のあたりに植えられている桜は特に大きい。冬のために花はつけていないが、春になれば軒にかぶさるほどの花々が目を楽しませるだろうと思わせる。

「乙羽の友人ということは、二条のお邸を見たことはあるの？　ここは少し趣向が違うかしら」

「あ、ええ。少しだけ、ございます」

倫子《りんし》と名乗った女房に案内されながら、母屋に向かう。

喪が明けていない左大臣邸の雰囲気は、すでに冬の衣更えをした二条の邸よりも暗い。大事にしていた姫君を喪ったのだから、大きな邸の空気が沈むのも無理はない。

紫乃を振り返った倫子が言う。

「さあ、北の方さまはあちらにいらっしゃるわ。ご挨拶をなさって」

「は、はい」

御簾が上げられると、そこは広々とした一画だった。そのひと間を仕切る屏障具《へいしょうぐ》は軒並み立派なもので、見事なあしらいの絵屏風や几帳にまず目が行く。周囲に紫綾《しりょう》の幅の広い縁をつけ、上部に乳《ち》を綴《と》じ付けてつり下げられた軟障《ぜじょう》には、四季折々の花々が描かれていた。

そしてその奥に、大宮と呼ばれる左大臣の北の方がいる。紫乃は頭を下げて、名を名乗った。

「お初にお目にかかります。紫乃と申します」

「はじめまして、紫乃。素敵なお名だこと。顔をお上げなさいな」

言われた通り、顔を上げる。

視界に入った大宮は非常にきれいな女性だった。いまだ平安時代の美的感覚にピンとこないことが多い紫乃だったが、大宮のことは、嫦娥《じょうが》のごとしと言われてもよい美貌だとわかる。

「細長を着ているということは、成人はまだなのかしら」

「はい、大宮さま。わたしは、二条の邸の乙羽とは同じ年なのです」

「乙羽。非常に聡明な子だと女房たちから聞いていますよ。乙羽と同じ年では成人もあと少しですね。そうなると、あまり長い勤めにはならないかもしれませんが、よろしく頼みますね」

「はい」

左大臣の北の方の声音には力がない。娘を失ったばかりの母親ならば当然だろう。

するとふと、こちらを見て、大宮の眉が寄せられた。

「……おかしなこと。なんだか、あなたとは初めて会った気がしません」

「えっ……さようですか」

「どなたかに似ているような……どなただったかしら」

まずい、と紫乃は上げていた頭をもう一度下げた。床板の木目を間近にしながら、緊張に身を固くする。

——左大臣の北の方、大宮は桐壺院の妹だ。つまり、先々代の帝の孫娘である紫の君とは間違いなく親戚関係になる。

さらには、紫乃とそっくりである藤壺中宮は、先帝の四の宮でありながら、大宮にとっては兄の妻となる。既にそのころには左大臣に嫁いでいたであろうとはいえ、藤壺中宮の顔を見たことがある可能性は十分にある。

「ふむ……少し考えてみたのだけれど、思い出せません。時間を取らせましたね。下がってよいわ」

「は、はい。精一杯、務めさせていただきます」

うるさく鳴る心臓に気が付かない振りをしながら、退出する。倫子に伴われながら与えられた曹司《ぞうし》に向かいつつ、紫乃はほっと息をついた。

＊

——数日もすれば、紫乃は左大臣邸に馴染《なじ》んだ。慣れない場所で寝起きするのは難しいかと思っていたが、案外なんとかなるものらしい。

「あっと言う間に仕事に慣れてしまったわね」

「乙羽に、紫乃には女童としての仕事はなかなか難しいと思います、とさんざん手紙で忠告されてたから、いったいどういったお嬢様なんだろうって思っていたのよ。かといって上流貴族のお嬢様はなかなか誰かに仕えるなんてこともないでしょう?」

「行儀見習いとして出仕しているんですって? 珍しいわねえ」

「仕事を覚えるのが早いって姉さま方も褒めていたわよ」

「あ、はは。ありがとうございます……」

——乙羽に、仕事はできないと思う、だなんて言われてたのか。

紫乃は複雑な気持ちになる。……ただまあ、無理もない。無理に頼んで口利きをしてもらったとはいえ、乙羽にとって紫乃は、誰かに世話をしてもらって生活するのが当たり前のお姫様だ。仕事なぞできないだろうと思われていても仕方ない。

とはいえ女童の仕事といえば、女房の補佐に主人の使いや給仕、水汲《く》み、着替えの手伝いくらいであって、別にさほど忙しないというわけでもない。一度覚えてしまえば問題なかった。

「紫乃。紫乃はいますか」

「はい、ここにおりますが」

年配の女房に呼ばれて声を上げると、しかつめらしい表情の女房は「北の方さまがお呼びです」と言った。

「あ……は、はいっ。すぐに参ります」

焦りながらも慌てて返事をすると、年配の女房はさっさと若い女房と女童たちの曹司を後にする。紫乃が急いで支度をしていると、周りの女房が「また大宮さまからお呼びがかかったの？」と寄ってきた。

「昨日も直接用を言いつけられていたでしょう」

「気に入られたわねえ。どうして？　何かあったの？」

「さあ、わたしにもさっぱりですが……」

行ってまいります、と言って、大宮のいる北の対へ向かう。

——確かに何故だが知らないが、出仕が始まってすぐに紫乃はよく大宮に呼び出されるようになり、何かと話をする機会が設けられていた。

心当たりといえば初対面での紫乃の顔に対する反応だが、顔のことにあまり触れられたくない紫乃としては、自分から何故と聞くことができないでいた。

北の対に出向くと、菓子を用意した大宮に出迎えられた。二人で散らかっていないをつまむ。

庇の方に行き、米粉を蒸して鍬形《くわがた》に形を整え、着色して油で揚げた梅枝という唐菓子

「ごめんなさいね、紫乃。何かにつけて呼び出してしまって。話し相手がほしい気分だったものですから」

「とんでもないことでございます。ただ、わたしのような幼い者に、高貴なお方さまのお話相手が務まっているかどうかは、不安ではありますけれど」

「不安になることはありません。あなたはいろいろなことをよく知っているし、何よりなぜだかあなたと話していると心が安らぐ。懐かしい感じがするのです」

それはそうだろう。紫乃は大宮の親戚とよく似ているだろうし——何より光源氏が桐壺更衣によく似ていたことを鑑みると、去ったばかりの婿とも、紫乃の顔立ちは似ていることになる。

「それから、蜂蜜《はちみつ》を入れた葛湯《くずゆ》。あなたの助言であれをあげなくなって、しばらく様子を見ていたら、御子に元気が戻ったそうです。ありがとうね」

「いいえ。ただ聞きかじった知識でお役に立てたのであれば」

乳児に蜂蜜のボツリヌス菌を与えるとまずいという話は令和では知られた話だが、この時代ではそうでもない。生まれたばかりの夕霧——源氏の長男に、女房があげていたのを止めたのだが、それも信頼を得るのに一役買っていたようだ。

「他に赤ん坊にとっていけないことはありますかしら」

「そうですね。あまり白粉を吸わせないようになさってください。赤子には毒になると聞いたことがあります」

「そうなの。乳母に覚えておくように言っておきましょう」

紫乃ははい、と頷く。

まあ、赤ん坊にというよりは、人体に毒だというのが正確ではあるが。

というのも、この時代の白粉には鉛白が含まれていることが多く、多量に使えば鉛中毒になってしまう。乳児が多く吸い込めば致命的である。

色白が美人の条件のこの時代で、鉛白が全く入っていない白粉だけを使う――つまり、鉛白入りの白粉を生活から完全に取り除くことが不可能だということは、紫乃自身ここ数年で実感している。聞き入れられるとは思っていないので、使うのをやめようとは強いて言っていないが――乳児からは鉛入りの白粉を離しておいて悪いことはないはずだった。

「あの御子は葵の忘れ形見ですもの。できることであればなんでもして差し上げたいのです」

「……はい」

しかし鉛毒か、と、紫乃は口の中で反芻《はんすう》する。

葵上も貴族女性なら鉛白入りの白粉を常用していたはずだ。彼女の死因がそれということはないか。

(いや、ないな)

鉛の中毒症状は、経口摂取でもない限り慢性のものだ。一方、葵上は快方に向かっているさなかの突然死。――葵上が鉛中毒で死んだ可能性は低い。

「葵上さまにおかれましては、ご体調が戻られる矢先の突然死だったと伺っております。本当に、なんと申し上げればいいのやら」

「あなたも葵を悼んでくださるのね。忌が明けたとはいえ死穢《しえ》があるとあまり新たな使用人が寄り付かないものですのに」

「物の怪の仕業、ともお聞きしました。ひどいことです」

ええ、と頷き、大宮が視線を落とす。

踏み込みすぎたか、と思ったが、ややあってから大宮は口を開いた。

「確かに、あの子の口を借りて、物の怪が話したのを聞きました。あれは尋常の様子ではなかった……」

「でも葵上さまは、物の怪に取り憑かれてしばらくのうちは、ご回復なさっていた」

「不可解なことです。まこと、恐ろしい」

「葵上さまのご容態が突然変わられたとき、大宮さまはおそばにいらしたのですか?」

「いいえ。倫子や乳母に呼ばれてすぐに駆け付けましたけれど、すでに苦しんでいました。その後、見る間に弱って、あの子はそのまま……」

となると、倫子と葵上の乳母は、葵上が苦しみ出したその時そばにいたのか。

「さようでございましたか。本当に、おいたわしいことです」

「ええ」

できるなら、その場にいた全員の話を聞きたい。

紫乃は頭を下げると、そこそこのところで会話を区切ってその場を辞した。

＊

「ええ、確かにおそばにおりました。姫様がお苦しみになるところを、何もして差し上げることができず、無力なわが身を恨めしく思いましたとも」

顔に皺を刻んだ年配の女房、葵上の乳母は悲しげというよりは悔しげに言う。

「乳母どの……。ですが葵上さまを取り殺したのは物の怪なのでしょう。並一通りでない験者たちでもどうにもならなかったことなのですから、そうお気に病まずとも」

「物の怪。それでも悔しいこと。気高き姫様が、嫉妬のあまり生霊になるなどの醜態を晒すような見苦しい女に殺されてしまうなど」

なかなか言葉の強い乳母である。紫乃が若干引いていると、「それに、物の怪の仕業かどうかもまた疑わしい」と言い出す。

「え？　あの。それは一体、どういうことです」

「よくお聞き、紫乃。姫様は、倫子が薬湯を差し上げてから間を置かず、苦しみだして亡くなったのですよ」

倫子が薬湯を。そのあとすぐに葵上が――？

「乳母どの、それは」

「しっ。……これは耳に挟んだ話ですが、倫子の母は右の大臣のご妻室の友人にあたるのですよ」

右大臣。現帝の祖父で、光源氏を嫌う弘徽殿大后《こきでんのおおきさき》の父親である。現弘徽殿大后は、后妃時代、源氏の母桐壺更衣をいじめた弘徽殿女御として知られている。そして、弘徽殿大后および右大臣家は左大臣家と因縁がある。――というのも、弘徽殿女御はもともと、葵上を東宮である自身の息子の后にと願っていたのだ。

それにもかかわらず、葵上は源氏の北の上におさまった。弘徽殿大后はそれを侮辱ととっていた。彼女にとって忌々《いまいま》しい桐壺更衣の息子、光源氏の婚家となったのだ。右大臣家と左大臣家は友好的な関係とは程遠いだろう。政敵と言ってもいいかもしれない。

「まさか、彼女が右大臣家の手の者だと？　それはさすがに牽強《けんきょう》ではありませんか。わたしのような臨時の女童であればともかく、左大臣家の女房ともなれば、身元も調べられるでしょう。含むところがなさそうだから、雇われたのではないのですか」

「さあ、どんな手を使って入り込んできたのか。倫子の姫様を見る、あの嫌な目つきと言ったら……。わたくしはずっと怪しんでいたのですよ」

葵上の乳母は吐き捨てるように言う。

「紫乃。あなたは大宮さまのお気に入り。どうにかして、倫子を左大臣家から追い出すように進言していらっしゃい」

——無茶を言う。

そう思いながら次に倫子に話を聞きに行けば、彼女は出身について特に悪びれもせず「そうですよ」と答えた。

「たしかに、わたくしの母は右大臣さまの北の方の知人です。ただ、お友達かと言われますと……。仲がいいとは聞いたことがございませんし、そもそもわたくしがここで女房として出仕しているのは、大宮さまと大殿さまに認められてのことですもの。後ろめたく思ったことはございませんわ」

ただ、あまりにあっけらかんとしていたので、それについては意外だった。

紫乃がまごついていると、「もしかして、どなたかに何かを言われたのですか？」と逆に尋ねられた。

「このお邸では、確かにわたくしのことを悪く言うお方はおります。わたくしとしては困った話なのですけれど、不愉快に思う同僚がいても仕方ないですわ」

「倫子姉さま……」

——眉を下げて笑う倫子は、とても悪だくみをしているような女には見えない。ただそれも紫乃の主観だ。続けて、気になることを聞いておく。

「あの、葵上さまが苦しまれる前に、お薬湯を差し上げたのは……」

「わたくしです。……まさか、わたくしが姫様に何か、毒でも盛ったと考えている者がいるのですか？」

「あっ、いいえ。そんなことは……」

さすがに突っ込んだ質問をしすぎたらしい。顔色を変えた倫子が詰め寄ってくる。

「ありえません。そもそも、お薬湯を作ったのは典薬寮《てんやくりょう》から派遣されてきた、千草《ちぐさ》という女医ですわ。そしてその女医を手配されたのは大宮さまですし、運んだのは厨女《くりやめ》の悠灯《はるひ》です。わたくしはそれを差し上げただけ」

「え、ええ、倫子姉さまがそう仰るなら、そうなのでしょう」

「わかってくれる？　紫乃。ならば、大宮さまにそうお伝えしてね。どうやらあなたは、大宮さまのお気に入りのようだから」

——左大臣家の女房、無茶ばっかり言うんですけど。

紫乃はうんざりしながら、今度は厨女の悠灯のもとを訪ねた。健康そうな肌をした、可愛らしい印象の、十七、八の少女だった。

「それで、あなたがお薬湯を葵上さまのもとまで運んだとお聞きしたのだけれど」

「はい。わたしがお運びしました。それで、倫子さまが姫様に差し上げたと聞いています」

「そう……」

ということは、悠灯には運んでいる間に毒を仕込む機会があったということになる。

ただ、厨女といえば庶民階級だ。文字通り住む世界が違う彼女が、左大臣家の姫君に毒を盛る動機が見えない。

「でも、紫乃さま。どうして、突然そんなことを聞くんですか？」

「ああ、いえ、少しね。姉さま方がいろいろとお話をなさっているのを聞いていて、気になってしまったものだから。お仕事を邪魔してごめんなさいね」

「いいえ、気にしていませんよ。紫乃さまはまだお小さいのに、大人びてらっしゃるんですね」

「……そう？　ありがとう」

本来ならば年下の、若い女の子にこうして褒められることも、もう慣れたものである。

「ああ、そうだわ、悠灯。お薬湯を作った典薬寮の女医のお方が何か、おかしなものを入れていたりとか……そういうことはなかったわよね」

「はい。お薬湯を煎じる場にはわたしもいましたが、おかしなことはありませんでしたよ。毒見もいたしましたもの」

これは少し意外だった。「まあ、毒見も？　あなたが？」

「はい。女医さまの目の前で。大宮さまや女房のお方がたがお疑いなら、ご確認してもらっても構いません」

悠灯は笑顔で言う。……紫乃がそのあたりから頼まれて聴取しに来たのだと思っているらしい。

典薬寮の女医に会うには宮中に出向かなければならないので、紫乃に確認は無理だ。しかし、紫乃を誤魔化すためならばともかく、「大宮や女房らが疑っているなら確認しろ」とまで言うのならば、毒見をしたのは本当なのだろう。

（そうなると、はじめから毒が入ってたわけじゃないんだ）

あくまでその薬湯に毒が入っていたのだとしたら、の話ではあるが――悠灯が運び、倫子の手に渡り、葵上の口に入るまでのどこかで毒が仕込まれたということになる。

（葵上が薬湯以外を口にしておらず、薬湯を飲んだ後に急死したなら、やっぱり薬湯に毒が入ってたはず。それなら、犯人は倫子さま？）

だが、動機がないように見えた。

また、それよりももっと前に葵上が飲み食いしたものに遅効性の毒が盛られていて、発症したのが偶然その薬湯を飲んだ後だった、という可能性も捨てきれない。

（それに、毒の入手方法もわからないし、毒の種類も……）

遺体はすでに荼毘《だび》に付されているので、検非違使に毒の種類を調べてもらうこともできない。そもそも女房たちに毒草の作り方や、毒の作り方などわかるものだろうか。

紫乃が悩み始めると、ふと悠灯が口を開いた。

「ただ紫乃さま、おかしなことと言えば。葵上さまのこととは関係ないんですが、わたし、見てしまったんです」

「見てしまった？　何を？」

「深夜、北門が開いていて、そのあたりに車がつけられているのを、です。眠れなくてこっそり曹司を抜け出したとき、その車に女性が乗っていくのを見たんです」

深夜の逢引現場を見たということか。

しかし北門とはどういうことだろう。北門には車をつける場所がないはず。東西の門のそばには車宿があるのだから、そちらに回ればよいものを。

「わたしは、夜目が利くんですけど、あれは、とてもいい仕立ての衣でしたよ。少なくとも、上臈以上の女房さまだったと思います」

「はあ、そうなのね」

聞くと、見かけたのは一回きりではないらしい。どうやら卯《う》の日の夜に、ここの女房とどこぞの男君が決まって逢引しているのだそうだ。

気のない返事をしてから、ふと、考える。

(上臈以上の女房、か……。牛車の中なんて、秘密のやりとりをするのに最適だけど)

何かあるかもしれないというのは、考えすぎだろうか。

4

「――と、いったような感じで。話を伺ってなんだかいろいろわかったのだけれど、誰が嘘をついていて誰が本当のことを言っているのか、さっぱりだったの………どうしたの、皆」

「いいえ、姫様。姫様が女童の仕事なんて、本当にできたのだなって……」

「そんな意外そうな顔しなくても」

源氏もそうだが、乙羽もなかなか容赦がない。

――半日ほど自由な時間を与えられたので、隙を見て抜け出して二条の邸まで帰ってきた紫乃は、事の詳細は伏せて乙羽や阿古、犬君らのいつもの面々に収穫を話した。抜け出したことが露見する可能性を考えるとのんびりはしていられないので、あくまでかいつまんで、である。乙羽は面白そうに聞いていたが、犬君は相変わらずぼうっとしており、阿古は嘆かわしそうな表情である。

「もう大人におなりだというのに、女童の真似事《まねごと》など……。大将さまも、夫だというのに、姫様をどうしてお止めにならないのでしょう」

「阿古姉さまったら、今さら嘆いたところで、だわ。行儀見習いとして短期間、と区切られているのだからいいではありませんか。大将さまもそれならとお認めになって、口添えなさったのでしょう？」

「身分を偽って、というところがけしからぬことだと言っているのです」

阿古が深く溜息をつく。

紫乃は苦笑した。阿古の溜息は、そのまま乳母や右近の嘆きだろう。

「こんなふうに御髪に葉っぱなどつけていらして」阿古が呆れたように、紫乃の頭にくっついた萩《はぎ》の葉を取った。「前栽をくぐって出ていらしたのでしょう？　……乙羽が余計なことを教えるから」

「自由時間にちょっと抜け出すくらい、いいではありませんか。ねえ、姫様」

「ええ。探せば意外と、どこにでも抜け穴はあるものなのね」

紫乃がそう言えば、ああまったく、と阿古が嘆かわしげにかぶりを振った。

代わりに、犬君と乙羽がそろって身を乗り出す。

「……それで、姫様はどうなさるおつもりなんですか？」

「その怪しげなお車というのは、決まって卯の日に現れるのでしょう？」

「そうね。せっかくだから張り込んでみようかと思っているのだけれど。念のためお兄さまにお伝えしておこうかと思って。お兄さまはもうお帰りかしら？」

「──ああ、帰っている。ここにいるよ」

今まさに透渡殿を通って東の対に来たらしい源氏が、紫乃のもとまでやってくる。気を利かせた阿古、乙羽、犬君が母屋の方まで下がったので、二人で庇の方へ出る。

「それで、話は聞いたが。待ち伏せをするんだって？」

「ええ。次の卯の日も来てくれるかはわかりませんが。もしも上臈《じょうろう》の女房が外の者と密談をしたり、毒となるものを受け取ったり……こそこそと何かをするのなら、邸に引き入れるより、確実に密室になれる車の中のほうが安全でしょう？」

なるほど、とどこか呆れたように源氏が笑う。もう特に、こちらの奇特な振る舞いに口出しをする気もないらしい。

「まさか、毒を盛る者がいるなんて、と私は思うが。あなたが気になるなら好きなように調べるといいだろう」

「ええ、そうします。誰がどんな悪意を抱えているかなんて、そう簡単にわからないものだと思いますから、一応ね」

「しかし、葵さまのそばにはいつもだいたい女房が数人侍《はべ》っているだろう。誰かが毒を盛ろうとしたら、わかってしまうんじゃないかな」

「彼女たちの目を盗むのは不可能ではなさそうでしたよ。そもそも司召の夜でしたから、お邸には人が少なかったようですし……」

　そこでふと、以前惟光に託した伝言を思い出した。

　あの時は、葵が亡くなるのは人が邸から出払う日だという内容だけで、ぼんやりした情報しか思い出せなかったが――。

「除目《じもく》は任官の儀式ですし参内せざるを得ませんよね。本当はお兄さまにはなるべく邸から出ずに葵さまのそばについていていてほしくて、従者どのに伝言を頼んだのですが」

　そこで、源氏が不可解そうな声を上げた。「……紫乃？」

「はい？」

　名前を呼ばれて顔を上げると、源氏は訝しげな表情をしていた。

　なぜそんな表情をしているのかわからず紫乃が首を傾げると、彼は「それは本当か？」と続けた。

「え？　あの、お兄さま。本当かとはどういう意味ですか？」

「いや、私は──」

＊

──卯の日の夜半である。

紫乃は師走に入ったばかりの時期の夜の寒さにぶる、と震えた。真綿をたっぷりと詰めた防寒着を着込んで出てきたが、真っ暗闇の中でも吐く息が白いのがわかる。あまり長く外にいたら風邪《かぜ》を引きそうだと思いつつ、小さな灯りを携えて門の辺りまで歩いていく。灯りというのは、油の入った小さな皿につけたひもを灯心とし、火をつける灯明皿で、これがなければ何も見えず、足元すら危うい。

平安時代の夜は、暗い。

（……いるかな。車）

真綿の綿衣の他に、あらかじめ温めておいた石を布でくるみ、それを懐の中に入れて暖を取っているが、寒いものは寒い。

できるなら外で待ちたくないので、すぐに来てくれるか、理想をいえばもういてくれるといいが。そう思いながら人気のない北門のそばまで行き、隙間から外の様子を窺う。

（門番がいなくてよかった）

紫乃はほっとする。もし門番がいたら、女童がこんな夜更けにうろうろして何が目的だ、と怪しまれたことだろう。この夜闇のことだ、すわ小鬼だ野盗だと騒ぎになっていたかもしれない。

紫乃が築地に背を預け、懐の温石《おんじゃく》に布越しに触れたところで、ぎい、ぎい、と軋むようなわだちの音が聞こえてきた。

（――来た？）

音が、門の前で止まる。他の邸でもなく、夜回りでもなく、この邸に用があって牛車が止まった。ということは、悠灯が見た車で間違いない。

紫乃は灯明皿を持ったまま門から飛び出し、さっと止まった牛車の後方に回る。

「何者だっ。あっおい、おまえっ？」

中から飛び出してきた紫乃に気が付いたのか、牛飼童が驚いたような声を上げるが、気にせず後ろから飛び乗るようにして乗り込む。

牛飼童のほかに従者は連れていない。車も質素で、立派なものではない。ということは上流の身分ではないということだ。紫乃は車に上がり込むと、さっと中と、そこに乗った人物を掲げた灯りで照らす。

「何事だっ、……、紫乃？」

「……従者どのでしたか、やっぱり」

「どうしてあなたがこんなところに……夜中の散歩は危険ですよ」

小さな牛車の屋形に乗っていたのは狩衣姿の惟光だった。紫乃を見つめる目は大きく見開かれている。

「あなたこそ色好みの男君すらなかなか出歩かないような夜更けに、女性を訪ねにいらしたんですか？　そういえば、通っている女房がいらしたんでしたか。でも、ただ恋仲の女房に逢いに来ただけなら、ここまで人目を忍ぶ必要はないですよね」

思えば、惟光は源氏に、紫乃を手伝えと言われても、どこか渋々とした態度で歯切れが悪かった。源氏を敬愛していると言ってはばからない彼が、だ。

「いきなり車に上がり込んできたと思えば、一体何の話をしているんです？　紫乃」

「では率直にお伺いしますが、従者どのは邸の女房に頼まれて毒を調達したのではないですか？　繋がっているのは誰です。倫子さまですか、あるいは他の女房ですか」

「……一体何の話をしているのか、わかりかねますが」

眉間をつまんだ惟光が、かぶりを振った。

心もとない灯りで初めは気付かなかったが、惟光は面布を外しているようだ。苦々しそうな表情がよく見える。

「ではなぜ源氏の君に何も話さなかったのですか」

「なんですって？」

「葵上さまが亡くなるのは人が出払う夜と、わたしはあなたに話しました。それが除目の日であることは、官人であるあなたならすぐにピンと来るはずでしょう。であればそうと伝えればいいのに――源氏の君は聞いていないとおっしゃっていました」

主の正妻が死ぬかもしれない日で、紫乃の「予言」は当たるとされていたのだから、普通は言付けするはずだ。惟光自身も伝えておくと言っていた。彼が何も知らせていないというのはおかしい。

「別に、ただ失念していただけですよ」

「失念していた？　あなたがですか？」

藤原惟光とは有能で忠実な従者のはず。それが、失念だと。納得できるはずがない。

「もしも葵上さまが毒殺されたとして。奥向きの女房がおいそれと毒を調達に行けるとは思えない。外の協力があったと考えるのが妥当です」

殿上人ではないとはいえ惟光は官人なのだから、本草の知識があっても、典薬寮の薬師《くすし》に知り合いがいてもおかしくはない。

「それが私だと？」

「そういうふうに感じると言っているんです。今日だって、わたしの正体や、わたしがここに来た本当の理由を、深い仲の女房に共有しようとしているのではないのですか？　文では誰かに検《あらた》められる可能性もありますからね」

「支離滅裂とまでは言いませんが、紫乃。あなたの話はあまりにもあやふやで証《あかし》がない。私が女房と組んで毒を葵上さまに盛ったと？　さすがに無理があるのでは？」

そんなことは紫乃もわかっている。

「――なら、あなたの不審な行動の理由を説明してください。納得できる理由なら、わたしもこれ以上おかしなことを言ったりしませんから」

ただ、源氏に協力を頼んで証を揃え、確証を得る前に、惟光自身から話を聞きたかったのだ。

惟光はしばらく厳しい顔で紫乃を睨《ね》めつけていたが、やがて溜息をつき、何かを言おうと口を開きかけた。――そのとき、

「紫乃……？　なぜ、ここに」

女の声がした。紫乃の持つ灯りではない、他の灯りに背後から照らされる。

弾《はじ》かれるようにして振り返り、紫乃ははっと息を呑んだ。

「大宮さま……？」

左大臣の北の方が、呆然として紫乃と惟光を見ていた。

どうして左大臣のご令室がここに来ているのか。不審な車に気が付いたのか。だとしても何故一人で。惟光のほうを振り返ったが、目を伏せて何も言わない。

「まさか……そういうことだったんですか。あなたと深い仲だったのは――」

左大臣の北の方。源氏の叔母にして上皇の御妹君。

啞然としていると、彼は誤魔化さずに、静かに頷いた。

「そういうことです。ですから、あなたの疑いは間違いなんですよ」

今度こそ紫乃は開いた口が塞がらない。

（主従そろってとんでもないことしでかしてるな……⁉）

まさか、帝の一の人たる重臣の正室に手を出しているとは。

だが一方で、なるほどとも思った――確かに、このことが源氏に露見するのはまずい。

主に対する裏切りとまでは言えないかもしれないが、惟光が、紫乃の左大臣家の調査を渋るのもわかる。紫乃の調査の過程で、明るみに出てしまう可能性を危惧したのだろう。

「車をわざわざ北門につけたのも、大宮さまをお迎えしやすくするためですか」

「そうです」

奥方は北の対に住む。北門に車を置くのがもっとも近い。

下級官人と左大臣家の正室。ここまで身分差があれば、さすがに女房に手引きを頼み、男を邸に引き入れることもできないだろう。だから大宮自身が、左大臣がよそにいっている日の夜更けに一人で抜け出すしかなかった。

「本当に、思い違いだったのですね……」

「ええ」

「人が出払う日、について源氏の君に何もおっしゃらなかったのも」

「本当に失念していただけです」

大宮は葵上の薬湯に近づいていない。そもそも、母親が娘を殺す理由もない。

――つまり彼らが犯人ということはない。

(それにしても、よく左大臣家の北の方なんて落とせたな……)

しかも、高貴な大宮自身に牛車のところまで来させている。なんということだ。

……源氏物語で、あれほど多くの女君のもとへ源氏を案内しているということは、周りの女房を落として協力させているということ。だから、手管のある男だとは知っていたが――主人と併せてとんでもない。

(二十歳差くらいだよね? 主人同様ストライクゾーン広くない?)

まあ大宮は、怜悧《れいり》な美女として知られる葵上の母親らしく、年老いていると思わせない美女ではあるのだけれども。

「惟光どの、これはどういう……。紫乃、彼と知り合いなのですか」

大宮が震える声で問うたことにはっとして、紫乃はあわてて車から降りた。

彼女が動揺するのは当然だろう。知られてはならない逢瀬が女童ごときに知られてしまったとなると、彼女の胸の裡《うち》の焦燥は計り知れない。

「言葉を交わしたことがあるだけです。……あの、申し訳ありません。眠れず、こっそり抜け出して散策していたら、車がつけられたから、気になってしまって。……その、高貴な御方とお見受けします、ここはすぐに立ち去りますので」

頭を下げれば、大宮はなんと言えばいいのかという顔をして、視線を彷徨《さまよ》わせている。ややあってから、惟光が「今宵《こよい》はもう帰ります」と言った。

「そのような、惟光どの……」

「大宮さま、もう会わぬほうがよいでしょう。あなた様のお美しさに惚《ほ》れ込み、身分の差を弁《わきま》えずあなた様のお優しさに縋《すが》っておりましたが、この関係を続けるには障害が多すぎます。どうか身を引くことをお許しください」

「そのような、ああ、そのような……」

――紫乃の思い違いのせいで、メロドラマのような展開が始まってしまった。

沈痛な面持ちの惟光と、それに泣き縋る熟年の美女を前にしてまごつきながら、紫乃はそっと壁に寄って気配を消す。

「あなた様、もうお帰りになってください。これは夢だったのです。どうか取るに足らない私のことなどお忘れに」

「惟光どの……わたくしは……」

——そうしてしばらくの間、忘れろ忘れないの押し問答をしていた二人だったが、辛抱強くその場で待っていると、やがて大宮が去っていくのが見えた。

紫乃がおそるおそる顔を出せば、「まだいたんですか」という顔をされる。

「あの……申し訳ありません、その、邪魔をしてしまって」

「いいえ」非常にあっさりとした態度で惟光が言う。「そろそろ潮時だと思っていましたから」

「……そうですか」

冷たい……。

色好みの男というのはこんなのばっかりか。大宮の態度と比べて、惟光のあまりの素っ気なさに紫乃はげんなりする。

「あなたも早くお帰りなさい、紫乃。風邪をひきますよ」

「そうなのですが、その。従者どのは本当に、葵上さまの死に何もかかわっていないのですよね？」

「私が葵上さまを殺害などするはずがないでしょう。第一、理由がありません」

「それは、そうですが。今回はその、違いましたが、愛する女性のためならば、という場合もあるかもしれないでしょう。だから疑ってしまって」

言うと、ありえませんね、と切って捨てられる。

紫乃は何も言い返せずに首を竦めた。確かに、彼が何かを仕出かすならば、愛する女のためというよりは、源氏のためというほうがしっくりくる気がした。

「紫乃。あなたはこれからどうするおつもりですか？」

「どうする、とは」

「あなたとしてはまだ調べたいこともあるのでしょうが、さすがにこのまま出仕を続けることは難しいでしょう」

確かにそうだった。

卯の日に現れる怪しい車がもはや無関係だったのであれば、毒の入手方法から犯人を考え直さなければならないが――あいにく紫乃はここの女主人の秘密を暴いてしまっている。このまま勤め続けられるほど、紫乃も厚顔ではない。

「うーん……そうですね……」

（どうしよう。そういえば、左大臣邸を調べている間は葵上を殺した犯人のことばかり考えてたけど、最初は六条御息所の手の者による連続殺人も疑ってたんだっけ）

夕顔の君と、葵上。源氏物語上では、二人の死はどちらも生霊の仕業とされているので、実はその二件は生霊の仕業に見せかけた連続殺人ではないか、と。

ただ、六条御息所の手の者による連続殺人であっても、そうでないにしても、結局、葵上に毒を盛れる人間を絞れなくては話にならないわけだが。

(六条御息所の息のかかった使用人が遅効性の毒を薬湯以外に盛っていた? あるいは典薬寮の女医が薬湯そのものではなく、葵上に渡す器に毒を塗っていた?)

わからない。しばらく黙り込んでから、紫乃は「とりあえず」と言って顔を上げる。

「六条御息所さまのところに話を聞きに行くか、夕顔さまの死の経緯について調べてみようと思います」

惟光が目を伏せ、「わかりました。あの、決めたなら、早くお戻りに」と言う。

「あなたも転ばないように」

紫乃と惟光の話が終わったと判断したのだろう、牛飼童が牛車を動かす。歩き始めた牛のひづめの音とわだちの音がゆっくりと遠ざかる。

「……帰るか」

紫乃は小さくなっていく牛車の影を見送ることはせず、門の中に飛び込むと、自分の曹司に戻るべく駆け出す。

早く戻って、お暇の挨拶を考えなければならない。

第四章　夕露に紐とく

心あてにそれかとぞ見る白露の光そへたる夕顔の花

1

「身内が病で重態との知らせが入りました。ほんの短い間でしたが、お暇させていただきたく存じます」

「そう、残念です。今までありがとう、紫乃」

――翌日だとあからさますぎるので、そのまた次の日にそう大宮に挨拶に行けば、明らかに嘘だとわかる理由だが難なく受け入れられた。白々しいやり取りであるが、仕方がない。

短期間とはいえ仲良くなった女童や女房らは辞職を惜しんでくれた。また、紫乃を北の方のお気に入りだと思っていた者たちは怪訝そうな顔をしていたが、何も言わなかった。女主人の決定に逆らう者はいない。

余計なことを知ってしまった紫乃は、左大臣家に長居できないのである。

「では、わたしは、これにて……」

「お待ちなさい」

呼び止められ、下げていた頭を上げる。大宮の顔を仰ぎ見て、息を呑む。

つい数日前までは親しげな色をしていた瞳が、ひどく冷たい色をしていた。

「紫乃。あなたが誰に似ているか、思い出しました」

「え……」

「似ている、更衣さまに。そして中宮さまに。……そう、あなただったのですね。あなたが二条院の姫君……邸に出仕していたときは下手な化粧をしていたから顔立ちがよくわからなかったけれど。――だから源氏の君はあなたを引き取ったのですね」

――バレている。汗が額に滲み、床についた手が震えた。

「大宮さま、あの――」

「……そのような顔をなさらなくてもよろしいわ、紫乃。わ、わたくしも、あなたの顔など見なかったことにしましょう」

冷ややかに響いた声に、思わずごくりと唾を飲み下す。その言葉が、あの夜紫乃がした言動の「お返し」だと気がついたからだ。

「どうしてそのような姫がここに来たかは知らないけれど。……わたくしたちは母娘揃って、そのお顔に邪魔をされたというわけですのね」

「……」

「憎らしいこと。義に反することをしたわたくしはともあれ、葵は、本当は心から源氏の君を愛していたというのに。……美しいお人というのは、本当におそろしい」

お行きなさい、と言われ、紫乃は黙ってその場を辞した。

もしかしたら、感づいていたのかもしれない。宮中に縁者が多く、帝の一の人を夫に持つ大宮は――葵上の本当の恋敵が六条御息所でも夕顔でもなく、藤壺中宮であったということに。

＊

「葵さまの女房のうち、右大臣家にゆかりある者がいた？　それは初耳だ」

「はい。薬湯を差し上げたという女房も彼女です。……ただ、話を聞いてみると、葵上さまに毒を盛るほどの動機があるようには思えませんでしたが」

「そうか」

収穫はあまり芳しくなかった――いらない情報ばかり収穫してしまった――ものの、紫乃は調査したことを念のため源氏に報告した。

螺鈿《らでん》の蒔絵《まきえ》が施された脇息にもたれながら、「ふむ」と源氏が目を瞑る。

「その倫子という女房が現状、一番怪しいということかな」

「あくまでも、わたしが調べることができた範囲では、ですが。薬湯の器に毒を塗っておくことなら、他の者にもできたかもしれませんし」

そして、器に塗られていたのか、薬湯に入っていたのか、確かめる術《すべ》はない。

——まあ、それを言うのであれば、そもそも葵上が毒死であるかどうかさえはっきりしないのではあるが。証拠を気にし出すと、紫乃の推理は惟光の言ったとおりどこまでいってもあやふやなものになってしまう。

(だからできる限り情報を集めてこれだ！　という可能性に絞りたいけど)

それもなかなかうまくいかない。

紫乃が俯《うつむ》くかたわら、源氏が口を開く。

「……私はその倫子という女房、さして怪しくはないように思うよ」

「え……どうしてですか？　あの、確かに彼女の様子は犯人といった感じではありませんでしたが、身の上については少々引っ掛かりませんか」

葵上の乳母も、葵上を見る目付きが悪かったと言っていた。——彼女の物言いはやや私的な好悪が含まれているような気はするが。

「まあ、それはそうだね。ただ、万一その女房が本当に右大臣家の手の者だったとしても、毒を盛ったというのは疑問があるね」

「どういうことですか？」

「右の大臣や弘徽殿大后さまは確かに私を嫌っておられる。左大臣家にもいい感情はないだろうね。ただ、政敵をどうにかしようとして毒を盛るなら、子を産む前に犯行に及ぶのではないかな。私を傷つけるために葵さまに手を出す、という考えもないわけじゃないのかもしれないが、葵さまのみというのは不自然だろう」

言われてみればその通りだ。もしも左大臣家や源氏を敵だと思う者の犯行だとしたら、葵上が身ごもっているときに実行するはずである。

「……何がなんだか、わからなくなってきてしまいました」

「やはり物の怪の仕業だろう。紫乃もあまり無理をしないでいい」

「どうしてお兄さまはそうまでも物の怪の仕業にしたいのですか。本当に、霊が人を取り殺すなんてことができると思っているのですか？」

「私は実際に、葵さまがおかしくなってしまったところを見ているからね。……何より、生身の人間が女たちを殺したと思うよりも、物の怪の仕業と思いたいという気持ちがある」

「……」

わからなくもないが、だからといって生身の犯人を見逃すのも違うのではないかと、どうしても考えてしまう。

とはいえ現状無関係の紫乃がそれを口に出すのは気が引けて、代わりに建前をもう一度口にした。

「……物の怪のせいならば、なおさらわたしが危ないではないですか。六条御息所の嫉妬は今にわたしに向きますよ。生身の者なら、怪しいものを排したりすることで防ぎようがありますけれど」

「それもそうだね。まあ、だから、存分に調べるといい」

「本当に何を考えてるかわからない人だな……」

「口に出ているよ」

源氏が笑ったが、紫乃はただ立ち上がった。失礼しますと言って東の対を辞そうとしたところで、「そういえば」と源氏が声を上げた。

「なんですか？」

「あなたは夕顔の君の死のことも調べようと思っている、と言っていただろう。あてはあるのかな？」

「え？　ああ、いいえ、それは……」

紫乃が言葉に詰まったことで、あてがないことを察したのだろう。源氏は「そうか」と言って口元に笑みを刷《は》いた。

「であれば、右近に話を聞くといい」

「右近ですか？　どうしてです」

源氏に仕える若い女房だ。普段から紫乃の世話をよく焼く中臈《ちゅうろう》の女房である。

「彼女はもともと夕顔の君の女房だった。彼女とは乳姉妹だったそうでね。けれど夕顔の君は亡くなってしまったから、この邸の女房となったんだ」

「ああ、確かに、そういえばそうでしたね」

言われてみれば、夕顔巻には名前のついた女房がいたはずだ。それが右近だったようだ。

（話、聞いてみなきゃな）

＊

「はい。確かに、わたくしは夕顔さまの乳母子にあたりますが。あの、それが……どうかなさったのですか？」

人払いをした上で、西の対の母屋の奥に右近を召すと、こちらの真剣な雰囲気が伝わったのか、彼女は幾分か緊張したように聞いてきた。

紫乃はどう切り出そうか迷ったが、物の怪が夕顔を死なせたのではないかという方向で話をすることにし、まずは葵上についての話題を出す。

「右近、あなたも知っているでしょう？　葵上さまの死が、六条御息所さまの生霊だったのではないかという噂が立っているのを」

「は、はい。存じております」

「そして夕顔の君も唐突に儚くなられたのよね。それまでに具合が悪そうだったということもなかったのに、いきなり息を引き取った」

右近の顔が強張《こわば》った。かつての主人の死の話題が快いはずもないので、無理もない。

「つまり、お兄さまの周りでは、不審な死を遂げたものが二人もいることになる。夕顔の君さまの死の直前にも、お兄さまは恨めし気な女の声を聞いたと仰ったわ」

「ひ、姫様、それは……」

「あなたはお兄さまの女房だけれど、わたしのそば仕えをすることもある。だから、わたしがただ行儀見習いのために左大臣家に上がったのではないことは察しているのではない？」

顔色の悪い右近を、紫乃はあえて真正面から覗き込んだ。

「わたしはね、右近。次に物の怪に取り殺されてしまうのはわたしなのではないかと恐れているの。……お兄さまはね、夕顔の君が息を引き取る前に聞いた女の声は、六条御息所さまのお声だったと考えていらっしゃるわ」

「えっ……まさか。そう、なのですか？」

右近が驚いたように顔を上げる。顔が近づくと、ここに来てもうすっかり慣れてしまった獣臭さと抹香臭さが混じったような匂いがした。

――やや誇張はしたが、まあ嘘ではなかった。六条御息所の声だったかもしれないとは確かに源氏自身が言っている。

「だから、わたしは本当に六条御息所さまの生霊が、夕顔の君や葵上さまを取り殺したのかを知りたいの。もしそうだったら早めに験者や僧を呼ぶ。右近、思い出したくないのはわかるけれど、わたしに話を聞かせてくれない？」

「……わかりました。姫様がそう仰るのであれば」

紫乃が当時のことを知りたいのでなるべく細かく、と言うと、右近は思い出しながら状況を説明してくれる。

「お二人が出会うきっかけになったのは、夕顔の君の家の前に立ち止まった源氏の君に、我が主人が歌を差し上げたことです」

そして家に咲く夕顔の花を所望した源氏に、夕顔の君に仕えた女童が、彼女の指示で、扇に載せて夕顔の花を渡した。その扇に和歌が書いてあり、源氏は夕顔の君に興味を持った――有名な一場面だ。

それからの展開も、紫乃の記憶と矛盾するところは特になかった。

あっという間に夕顔の君の偵察を終え、右近をはじめとした女房らや女童を味方につけた惟光の手引きで源氏はいよいよ身分を隠して彼女に通うようになった、と。

「それで、逢引の場として、廃院に誘われたのですね」

「はい。荒れ果ててはおりましたが広大な敷地のお邸でございました。わたくしや付き添いの女童、歩立《かちだ》ちの下仕えばかりでなく、御主——夕顔さまも気圧《けお》されたご様子で」

そしてそのお邸での逢引で、夕顔は命を落とすことになったと。

「それにしても惟光さまはひどいお方ですわ。源氏の君さまと御主を近づけさせるためにわたくしどもを手玉に取って」

「ああそういえば、従者どのも身の上を偽って、あなた方に近づいたのよね」

——やはり惟光も源氏と同じように、澄ました顔で女泣かせだ。源氏のためならば女が泣こうが気にしなさそうである。

「日が暮れる頃に惟光さまからお菓子の差し入れがございました。それを女童が配り、源氏の君さまや御主、わたくしでいただきました」

「お菓子？」

まさかそこに何か盛ってあったのではと一瞬思ったが、お菓子は三人それぞれ自分で選んだのだという。すべて同じ種類の唐菓子だったため、誰が何を取るのかは推測できなかっただろうとのことだった。

（なら夕顔の君だけに毒を盛るのは不可能……そもそも、それこそ惟光には動機がない）

続きを促すと、その後源氏の君と夕顔はともに御帳台に入り、眠りについたという。

これもおかしなことではない。平安時代の人間は、日が暮れたら酒盛りでもしない限り床につく。

「わたくしもお二人のすぐそば、間仕切りの向こうで眠りました。何やら恐ろしい夢を見ていた時に、わたくしは源氏の君に起こされたのです。宵が過ぎた頃だと思いますわ。そのまま源氏の君は御主のこともお起こしになり——様子のおかしい御主を見て、人を呼びに行かれました。御主は正気を失っておられたのです。がたがたと震えて、こちらの声も聞こえないご様子で、目の焦点も合っていないようでしたわ。さらにはあたりに異様な空気が漂っていて……。悪夢を見たばかりで混乱していたわたくしは恐ろしくて動けずにおりました。お恥ずかしながら、源氏の君が戻っていらっしゃるまで、わたくし……御主のために何をすることもできずに伏せていたのです」

「そうして彼が戻ってきたら、夕顔の君はすでにお亡くなりになっていた」

「はい……」

沈痛な面持ちで右近が呟く。「ああ本当に、美しい御方というのは、おそろしいものですわ」

唐突な呟きを怪訝に思いつつも、紫乃はとりあえず話を進めた。

「……つまり夕顔の君が亡くなったのは、お兄さまが離れているわずかな間ということになる。あなたはその間、何か異変を感じなかったの？」

「いいえ。何も気づきませんでした」

不可解さに、紫乃は首を捻る。

目が覚めたときすでに様子がおかしかったのならば、二人が寝入っている間に何かが起きたということなのだろうか。源氏、夕顔、右近以外の第三者がやってきて、眠る夕顔に毒でも含ませたか。――だが夕顔は源氏と共寝していたのだ。起こさずに毒を盛るなど、できるだろうか。

あるいは右近が嘘をついているのか。右近は、源氏が離れている間、夕顔と二人きりだった。その時に右近が夕顔に毒を飲ませたとしたら、どうだろう。不思議なことはたいていが物の怪のせいになるこの時代なら、すぐさま右近が疑われるようなこともない。

（怪しいなー……）

紫乃ははじめ、六条御息所が夕顔と葵上に、それぞれ手の者を放った可能性も考えていた。突飛だが、ありえなくはない話だと。

だがこうなってくると、その説も微妙だ。六条御息所はまったくの無関係で、二つの物の怪に見せかけた不審死がただ起きたというだけのような気がしてくる。

（とはいえ、源氏自身が六条御息所を見たって言ってるんだよな。思い込みかもしれないけど、何しろ芥子の香りの話もあるし）

護摩を焚いてもいないのに、なぜか六条御息所の衣に芥子の匂いが染み付いていた、という謎は依然として残る。

「ねえ、右近。その、逢引に使われた廃院には、誰が同行したの。下仕えや女童も連れて行ったとは思うのだけど」

「ええ……。ただ御主が供に連れたのはほんの数人で、女房はわたくしだけでしたわ。人目を忍んだ逢瀬でしたから」

「そう」

六条御息所の手の者が紛れ込んでいたとしたら下働きだと考えていたが、現場にはそういう者を連れて行っていない、か。

「右近、ありがとう。とりあえず聞きたかったことは聞けました」

「さようでございますか。それなら、ようございました」

「またいろいろ聞かせてもらうかもしれないけれど、その時はよろしくね」

実際に芥子の匂いが衣についていたのか、まだ直接聞いたわけではない。六条御息所に確認しに行かなければ。

はい、と頷く右近に笑顔を返し、紫乃は立ち上がると、阿古らのもとへ歩いていく。先ほどから琴をつま弾《ひ》く音が聞こえてきていたので、彼女たちがどこにいるのかはわかっていた。

「――みんな。揃ってお琴を練習しているの？」

「あ、ひいさま」

縋破風《すがるはふ》を付けて軒を深くし、母屋の外側をとりまく廂《ひさし》のさらに外側に設けられた空間を広廂もしくは孫廂というが、阿古、乙羽、犬君の三人がそこにいた。格子は庇と孫廂の間に設けられる。孫廂の外側に簀子《すのこ》が付くため、外に突き出た吹き放ちのかなり広い空間ができることになる。その広い空間は管弦や饗宴《きょうえん》などに使われることもあり、ちょうど阿古と乙羽が犬君に琴を教えてやっているところだった。

「はい。二人に教えてもらっていました」

「犬君もだいぶ聴ける演奏ができるようになりましたよ」

そうなのね、と応えると、犬君がじっと紫乃を見つめてくる。そして、

「……ひいさま、何か、おっしゃりたそうな顔をしています。わたしたちに何か頼みごとがおありですか？」

「えっ。わかる？　さすがは犬君ね」

ぱっちり言い当てられる。さすがの観察力だった。

「そうなの。阿古か乙羽に聞きたいことがあってね。どちらか、六条御息所さまのお邸の使用人たちに伝手はない？」

「まあ、姫様。またですの？」

乙羽が呆れたような、同時に興味深そうな声を上げた。「まさか今度はあの六条御息所さまのお邸に女童として上がるのですか？」

「さすがにそれはもう懲りました。少し寄って、使用人や女房たちに話を聞こうかなと思っているだけよ」

「あら、そうでしたか。あちこち潜入するのも、面白そうですのに」

「こら、乙羽。なんてことを言うのです。……そもそも姫様、左大臣邸でも、何かあったのではありませんか。突然お辞めになることになった、とだけお聞きして、わたくしどもは理由も何も聞かされておりませんわ」

「深い事情があるのよ」

さすがに大宮と惟光の愛人関係については彼女らに開示できない。

「いいではありませんか。どうせ源氏の君さまもよしと仰いますよ。……ただ六条御息所さまの方には、わたしに伝手はございませんね」

「そうなの？」

「はい。わたしは姫様が二条院にいらした後に女童として出仕をはじめた身。六条御息所さまの女房や女童と知り合いとなると……阿古姉さまはいかが？　確か、姫様がいらっしゃる前から源氏の君にお仕えしてらしたでしょう」

「ええ、それはまあ」

どうやら阿古は「紫の君」よりも源氏とは長い付き合いらしい。

（そうか。そういえば阿古って右近の従姉妹だったっけ。だったら、右近と同じくらいの年からこの邸で仕えはじめたのかな）

気を取り直して、紫乃は阿古を見た。

「なら阿古。悪いのだけど、六条御息所さまのところの知り合いに手紙を書いてくれないかしら。知人が話をしたいようだから、邸に行くって」

「それは……まあ、お止めしても無駄のようですから構いませんけれど、それならいっそ、源氏の君の直接のお使いということで伺った方がよろしいのでは？　たとえば、源氏の君のお手紙を携えて行くなど……。わたしは特に、六条邸に親しくしている女房はおりませんし」

「なるほど」

そうした方がいいかもしれない。

確かに、使者として手紙を届けさせる役割を担えば、取り次ぎの人間には確実に接触できる。話ができればあとは、うまく中に入れてもらって、いろいろな人に話を聞けばいいだけだ。

「わかったわ、交渉してくる」

＊

「今度は六条御息所さまのお邸に？　構わないが、今、私は六条御息所さまとは非常に気まずい仲でね。文を受け取ってもらえるかどうかはわからないよ」

「そうでしょうか」

手紙くらい受け取ってもらえるだろう。複雑な思いを抱えはしていても、六条御息所が思い悩んでいるのは、源氏のことを愛しているからだ。

「まあ、あなたがそう言うのなら協力しよう。それに、ずっと背を向けていてもよくないだろうしね。そろそろ年とともに三か月の喪も明けることだし、あの方の話も聞いておきたいところだ」

けじめをつけるにはいい時期だろう。

紫乃としても、いつまでものんびり調査をしているわけにはいかないこともわかっていた。――二条院の者たちは、紫乃と源氏がすでに新枕と三日夜の餅の儀式を終えた、実質的な夫婦だと思っている。だからこそやはり、裳着を早く済ませてしまってほしい、という圧を感じる。

結婚の手順を逆にしてしまったのだから、なおさら女房——特に少納言乳母——は一刻も早く裳着を、と思うだろう。儀式でお披露目がされたら、紫乃は単身聞き込みには行けなくなる。いや、調査そのものをやめろと言われるかもしれない。実態がどうあれ裳着礼を終えたら、紫の君は源氏の妻だ。

「ただ、御息所さまは斎宮《いつきのみや》さまの潔斎のために野宮《ののみや》におられる。六条のお邸に行っても、御息所さまにお目にかかることは難しいだろう」

「ああ、そういえば……」

そんなこともあった、と紫乃は曖昧な記憶を呼び起こす。確か六条御息所は、第十巻賢木《さかき》で、娘斎宮の伊勢下向についていくのだ。

斎宮は卜定《ぼくじょう》されると宮中に入り、そこで半年から一年の潔斎に入る。その後斎宮の潔斎所である野宮に入り、次いで伊勢に行くこととなっている。

「神域ですし、野宮にはそう簡単に伺えませんよね。ただ、お邸にも使用人はいるでしょう？　話はそこでも聞けるので構いません。それに、御息所さまは人目を忍んで時々お邸にお帰りになっていたはずです」

「そうだったのか。それは知らなかったな」

　とはいえ、いつ里邸に帰っていたのかは定かではないので、六条邸に行ったところで御息所本人に会えるかどうかはわからないが。

「そういえば、右近には話は聞けたか？」

「はい。わたしの知っている源氏物語の筋書きと、何も変わらないように思えました。まるで本当に物の怪に取り殺されたかのようで」

　そうか、と、源氏が相変わらず底の読めない微笑で頷く。

「ただ……その、右近には夕顔の君と二人きりになった時間があったでしょう。ほんの少しの時間だったそうですが。……それで、乳姉妹のあいだに何か禍根などはなかったか、ご存知ありませんか」

「おや。まさかあなたは右近を疑っているのか？」

「ええ、まあ。状況的に、死因が物の怪でないなら彼女が犯人ではないかと思っています。右近には毒や薬を調合できる知識はあるでしょうか？」

　ふうむと唸って源氏は首を捻った。ピンと来ていない表情である。

「右近に毒や薬の知識があったとは思えない。夕顔の君が不眠ぎみのようだったから、眠り薬くらいなら常に備えてあっただろうが。何より、右近が夕顔の君を死なせるとは思えない」

「そうですか？　でも、ほら。お二人ともがお兄さまに恋焦がれ、互いに嫉妬をしたのかもしれませんよ。恋心の恐ろしさはお兄さまもよくご存じでしょう」

藤壺への恋慕で不義密通まで仕出かしたのだから。

しかし源氏は首を振る。

「それはありえないだろう。右近は惟光に夢中だった」

即答だった。紫乃は素早い答えに面食らって、「――はあ、そうですか」と、気のない反応を返してしまった。

「それに何より、右近と私では身分が違いすぎる。もとより、夕顔の君は中流貴族の娘。さらにその乳姉妹が私に焦がれ、自分の主を殺害するというのは現実味がないね」

身分の差によって、恋愛対象に入るか否かも変わるのか。その感覚は令和の人間にはあまりわからないなと紫乃が思っていると、源氏が続ける。

「右近は夕顔の君が亡くなって、心の底から動揺していた。禍根があれば、ああはならないのではないかと私は思うが」

「そうですか……」

話を聞けば聞くほど、何が何だかわからなくなってくる。

2

左大臣家の大君であり正妻である葵上が亡くなったことで、寵愛《ちょうあい》は六条御息所に戻ると、世間では取沙汰されている。

実際には、源氏が執着しているのは藤壺だ。しかし彼女の存在と、二条院にいる紫乃のことを知らない世間では、高貴な身分の六条御息所が次の正室に据えられるのではと考える者も多い。

そのため、源氏の手紙を携えて牛車でやってきた紫乃が邪険に扱われることはなかった。源氏から新たな恋文が届いたと思われたからだ。

（まあ、一応、恋文ではあるんだけど）

渡した手紙は二人の関係を一気に変えるような内容ではなく、当たり障りない——当たり障りない恋文とはなんだとも思うが——内容だ。

「まあ、さすが、素晴らしい紙を使われていらっしゃいますね。源氏の君さまからでしょう？　素敵だわ」

取り次ぎに出てきた女房がはしゃいだ声を上げる。

紫乃は寒さで震えつつも、「このお手紙を御息所——そちらのお方様にと。お願い致します」と頼んだ。

するとと、

「なら、あなたが直接お方さまのもとへ届けられるとよろしいわ。あなた、源氏の君さまにお仕えする女童なのでしょう」

中に案内してもらえる運びとなったようだ。紫乃は動揺しながらも頷く。

「えっ。あ、ああ、はい。その通りです。御息所さまは今日、お邸にいらっしゃるのですか？」

ええ、と女房が頷く。

「わたくしたちも、源氏の君さまたちのことを伺いたいし。二条のお邸での話を聞かせて頂戴」

「は、はあ。わかりました」

なんにせよ、野宮にいると思っていた御息所に会えるのであれば好都合だ。紫乃は女童らしく可憐《かれん》に、しかし格式を守って「では、謹んで、お届けに上がります」と言った。

「……それにしても、今日いらっしゃるのは惟光どのではないのね？　お忙しいの？」

「源氏の君の御供です」

あからさまに残念そうな顔をする女房たちに、手短に伝える。惟光は、紫乃の裳着のために、兵部卿宮と話をつけにいっているのである。

寝殿と対の屋との間は、北側の渡殿、それから南側の透渡殿の二本の橋廊《はしろう》で結ばれており、これらに囲まれた空間が壺庭《つぼにわ》である。

壺庭には、花の咲く樹木や季節の草花が風致《ふうち》的に植えられたり、石が置かれたりして、小さな自然の情景を作っている。冬の今、草木に花はないが、低木の枝葉や石に雪が薄っすらと積もっているのが美しい。南の池に流れ込む遣水は渡殿の下から現れて壺庭を蛇行しており、再び透渡殿の下へと流れていっていた。

人生の大半を寝殿で暮らす女房や女君にとって、壺庭は日常的に触れる貴重な自然だ。庭の趣味がいいと、邸の主の趣味もよいのだろうと思わせられる。

（庭だけじゃなく、絵や歌も、何がいいのか少しずつわかってきたかも。四年もこの世界にいるわけだし）

ただの使いの女童としては母屋に入ることもない。紫乃は御息所のいる場所へと案内され、濡れ縁で対面に臨んだ。

待っていると、簀子と庇の間の格子が上げられ、御簾が巻き上げられる。その奥、母屋と庇の間にかけられた御簾の向こうから「寒いでしょう。中においでなさい」と言われたので、紫乃はいざって庇の間へと進んだ。

「御息所さま。お初にお目にかかります。紫乃と申します」

「二条院の女童ね。源氏の君からの文を届けてくれたとお聞きしたけれど。その顔を覆う布はどうなさったのです」

　指摘され、紫乃は「はい、ご無礼をお許しください」と頭を下げる。「実はわたしは、顎のあたりに醜い怪我の痕がございます。素顔を晒すと、みなさまをご不快にしてしまうかと思い、布をつけてまいりました」

　――そう。今回六条邸に来るにあたって、紫乃は惟光のように顔半分を覆う面布をつけていった。

　というのも、葵上の女房らと違い、六条御息所の女房らは、近く紫の上と顔を合わせる可能性が高い。御息所の娘斎宮――のちの秋好中宮《あきこのむちゅうぐう》は、源氏の君の養女となり、紫の上と親しくなるとされている。今、顔を覚えられたくはなかった。

「そう。痛ましいこと。これから薄くなるとよいのだけれど」

　さいわい六条御息所は他人の悩みに心を配っている余裕がないからか、こちらのことを詳しく追及してこなかった。

　ほっとして手紙を女房に差し出し、御簾の向こうの六条御息所に渡してもらう。

　御息所はしばらく無言で文を読んでいたが、やがてふうと溜息をついた。

「……大したことは書かれていないわね。予想していたことではあるけれど」

「お方さま。そのような仰りようは……」

「そもそもあのお方がわたくしを今更正室にするという内容の文が届く、など。有り得ない。あのお方はわたくしにやましいことがおありだと疑っておられるのだもの」

紙ごと放り投げた様子の六条御息所を近くにいた女房が慌てて諌めるが、彼女に堪えた様子はない。

もはや源氏から自分への愛はないのだと、諦めているようだった。

「手紙が大したことのない内容ならば、手紙は口実で、使いの方に意味があるはずですね。あなたを遣わして、源氏の君は何かをお聞きになりたいのではない？」

「あ……ええと」

「やはりそう。……あのお方はわたくしを疑っている」

六条御息所は再びうんざりと溜息をついた。悟りきった彼女の態度とは裏腹に、女房たちの空気が刺々《とげとげ》しくなる。居心地が悪かった。

それにしても、頭がいいと言われるだけあって鋭い女性だ。――話を聞きたいのは源氏ではなく紫乃だったが、源氏の手紙は六条邸の者に会うための口実であろうという六条御息所の指摘は正しい。

「まあ、いい。聞きたいことがあるならお聞きなさい。疑われたままというのも嫌なことだし、答えられることであれば答えるわ」

「お方さま、何を仰っておいでです。いくら源氏の君といえど、手紙を口実に人を送り、お方さまを訊問《じんもん》しようなどと」

「遣わされたのはただの女童一人でしょう。訊問などと大袈裟《おおげさ》な。どうせ、源氏の君の心にかかることといえば左大臣の大君のことなのだし、さっさと済ませなさい」

「お方さまっ」

――なんでも聞けというのはありがたいが、さすがに、あなたは本当に護摩が焚かれ、芥子の香りが充満した左大臣邸に生霊として化けて出たのか、そのせいで衣に芥子の香りがついたりしなかったか、などと聞くことはできない。

紫乃は慎重に言葉を選んで、「御身の周りで何か変わったことはございませんでしたか」と問うに留めた。

「変わったこと……」

「左大臣の大君さまが亡くなった日あたりで、です」

六条御息所が黙る。周りの女房たちがはらはらとした空気を醸し出しはじめたので、紫乃は付け加えた。

「生霊が人を取り殺すなど、本当にできるものでしょうか。わたしは疑わしく存じます。我が主人もあなたさまに向けられる心ない評判に胸を痛めています。ただ本当のことがわからないうちは、物の怪が人を襲うなど有り得ない、と笑い飛ばすこともできません。わたしは真相を知り、物の怪などいなかったのだと、主人に報告したいと思っているのです」

「女童ごときが、何を不遜なことを言う」

「――あなたは、わたくしが化けて出て、大君さまを死に至らせたとは思っていないと？　……わたくしでさえ、そうでないとは断言できないというのに」

女房を遮って発された御息所の声は震えている。――紫乃は顔を上げてはっきり言った。

「はい。わたしは物の怪など信じておりません。人の死は、人の手によるものか、自然の理。そう考えております」

「……そう」

ややあって、六条御息所が横を向いたのが影でわかった。横に控えた女童が母屋と庇の間に下げられた御簾を巻き上げた。

女房が制止をしたが、構わず御簾は上げられ、中にいる六条御息所の姿が顕わになる。――大宮とはまた違うが、妖艶な魅力を持つ麗人だった。

「紫乃と言いましたね。気になったことは確かにある」憂いと色香のまじる声で、彼女は言う。「その日からしばらく、わたくしの衣には芥子の匂いがついていた。まるでお産のあった左大臣邸で焚かれた護摩の煙に当てられてきたかのように。いくら洗ってても匂いは取れず、まるで身体にまとわりつくようだった」

(芥子の匂いの話は本当だったのか……)

——だがそうなると、逆に謎が増える。

芥子の匂いをつけたのは誰か。六条御息所を陥れようとしているのか。それは何故か。

なぜ夕顔と葵上、二つの事件はこうも似通っているのか。どちらも突然死で、しかも六条御息所の生霊の仕業の疑惑が出ているのだ。果たしてこの符合は偶然か——。

「あの、お世話係の女房の方々も、皆芥子の匂いにはお気づきだったのですか」

「そう。わたくしの衣を用意したり、髪を洗い梳《くしけず》ったりするのは、ここにいるこの三人の女房です」

紫乃を案内した女房、御息所が大した手紙ではないと言ったのを諌めた女房、紫乃に不遜だと言った女房の三人だ。

彼女たちは躊躇いがちに互いに目配せをしつつ、頷く。

「——確かに、しばらく芥子の匂いがしておりましたわ。いくら髪を洗っても取れなくて。不思議でしたわね」

「衣どころか寝具にまで、匂いがついてしまっていて。恐ろしいことですわ」

「お方さまの衣や寝具におかしな細工をしたり、悪戯《いたずら》をしたりする者がいれば、わたくしどもの中の誰かがすぐに気がつきます。何もございませんでしたのよ。それなのに、不可解でしたわよね」

　不可思議ですわ、なんだか恐ろしいですわ、と女房たちはくちぐちに言う。御息所の眉も、きつく顰《ひそ》められていた。

「……」

　紫乃はそんな女房と御息所の様子をしばらく黙って見ていたが、「ありがとうございます」とお礼を言った。

「聞きたいことは、これでおおむねお伺いできました」

「……これだけで構わないの？　源氏の君はそれで納得されるのかしら。わたくしは何もしていないと信じてくださるかしら」

「おそらく」

　まだ、勘に過ぎないが、なんとなく全体の絵が見えてきた。

　ともあれ、御息所や彼女以外から話を聞いて、確認しておきたいこともある。話しているうちに、新しく訪れたいところも思いついた。

「わたしはこれにて退出させていただきます」

「そう。……ああ、お待ちなさい。こちらを持っていって頂戴。お返事の文よ」

　そう言って、御息所はさらさらと紙に何かを書きつける。手触りのよさそうな紙は束ねて結ばれ、紫乃に直接手渡された。

思わず、御息所の教養の深さに感嘆の声を漏らした。

「こんなにお早く……。歌も悩まずすぐにお詠みになるなんて。わたしはいつまで経っても、歌が上達しませんのに」

「源氏の君は、こういうところが賢《さか》しいと、お厭《いと》いになっているのでしょうけれどね。さあ、おゆきなさい。……ああ、紫乃、それから最後に」

「はい。なんでございましょう」

「わたくしは斎宮さまの伊勢下向に同行しようかと考えております。もう、いつでも終わりにできますわ」

源氏との関係を、か。——伝えて欲しいということだろうか。

紫乃は少し苦笑して、言った。「美しい人というのは、本当に恐ろしいことですね」

帰りの牛車に乗り込む際、庭にいた女童が見送りに門まで来てくれたので、一つ聞いておく。

「あなたたちのお方さまのところへ、源氏の君が通ってらっしゃったのはご存知でしょう。どなたが手引きしたのかは知っている？」

「それなら、女房さまたちですよ。三人、お方さまに特に近しい女房さまたちがいるんです。お客様、御息所さまにお手紙を届けにいらしたんでしょう？　なら、あの三人の女房さまのこともご存知なのでは？」

「あ、ええ。たぶんそのお三方とはわたしもお話をしたわ。ただ、ほら、手引きをしたということは、そのお三方が源氏の君を御息所さまのところにお通ししようと思った、ということでしょう？　お三方がそう思うようになったのは、どういう経緯があったのかしら」

「ああ」紫乃の聞きたいことを理解したらしい女童が、笑って頷く。「それでしたら、源氏の君の、面布をつけた従者さまが関係しているはずです」

紫乃はそれを聞き、ずいとその女童に顔を近づけた。

「……それ、もっとくわしく教えてくれる？」

＊

さて。

六条邸での聞き取りが思いのほか早く終わってしまった紫乃だったが、次の目的地に行くには時間も足りなかったので、その日は邸に帰った。

そして翌日、紫乃は改めて出かけることにした。目指すは東山にあるという寺——

惟光が夕顔の遺体を運んだ所——である。

「姫様、本当に参られるのですか？　寺を詣でるのであれば、別に東山までゆかずとも……」

同行者は少納言乳母だ。外出先を告げたらやめろと言い、紫乃がそれを聞き入れる気がないとわかると自分もついてゆくと聞かなかったのである。

目的の寺には行けるところまで牛車で行き、そこからは徒歩で行く予定だった。——二人とも小袿の上に袿を羽織り、腰のあたりで帯を結び全体をからげて裾を上げた壺装束姿である。

牛車で移動するあいだは顔を隠す必要はないのだが、着替えるのも面倒なので、そのまま車に乗っていた。ちなみに歩くのに邪魔なので、打袴は穿《は》いていない。

「それにしても姫様、なぜ突然東山の寺に参りたいと思われたのですか？　……かつての北山《きたやま》を、思い出されたのですか？」

「え？」

「祖母尼君と共にあった、懐かしい頃を。もうすぐ姫様は本当に源氏の君と夫婦になられますから……」

ああ、と思った。——そうだ。紫の君は、兵部卿宮の正室による圧力に病んだ母親が亡くなったあと、北山の尼君の下で育ったのだ。そして紫の君が育った僧坊は、修験僧のいる山寺の近くにあった。

紫乃は少し苦笑した。

「そうね……。でも、だからここに来たという訳ではないの。確かめたいことがある。お兄さまや従者どの以外の、第三者の目線で、寺の僧が何かに気づいていないか」

「確かめたいこと、でございますか？」

「聞きたいことが聞けるかどうかはわからないけれどね」

牛車が山麓に入り、揺れ出す。がらがらとわだちの音が激しくなってきたので、二人で車を降りた。牛車で行けるのはここまでだろう。

行きに通った鳥辺野《とりべの》のあたりは、死体が打ち捨てられることも多い火葬場ということもあり、なんとも言えない不気味さがあった。――ここは死が近い場所だ。

車には待機を命じて歩き出す。雪は降っていないし、目指す寺が特に高いところにあるわけでもないのだが、冬であるため非常に冷える。……ただ、厚着であることもあって、歩いていると自然と身体が火照り、寒さも忘れるようになった。

「姫様、大丈夫でございますか」

「え、ええ……」

意外と元気な少納言乳母と比較して、日頃の運動不足のせいか紫乃の息が上がるのは早い。やはり屋内といえど仕事がある女房は体力があるようだ。

「姫様も十歳《とせ》くらいの頃は、犬君や乙羽、阿古らとはしゃいで遊び回ったりして、お転婆でいらっしゃいましたものね。今ではすっかり大人らしく……はなられていませんが」

「ちょっと」

「少なくとも、子どものようなお転婆はなさらなくなりました。今のような無茶はなくなりませんが」

「――もう、たぶんこんな無茶なことをする機会はないわ。今回きりよ」

だとよろしいのですが、と乳母が言う。

信用がない。紫乃はまた苦笑いした。

しばらく歩いたところで、紫乃はいつの間にか目の前にあった門を見上げた。少納言乳母と何くれとなく話しているうちに目的地に辿り着いていたらしい。

そして来訪を告げるべく、紫乃は御堂の門の外から木戸を叩いて声を掛けた。

「ああ、ようこそいらっしゃいました」

戸を開いて中に招き入れてくれたのは、尼の子であるという大徳《だいとく》だった。柔和な笑みを浮かべた壮年の男性で、悠揚迫らぬ物腰である。

大徳は高僧だが、装いは古い御堂に馴染むもので、華美ではなかった。現在の着物と同じ垂領《たりくび》の襟で、裾には襴《らん》と呼ばれる布がつけられている素絹《そけん》姿だ。袈裟は五条で、手には檜扇《ひおうぎ》、念珠《ねんじゅ》——足には襪《しとうず》を履いている。

「こちらへお越しください」

「はい。その、失礼いたします……」

彼に導かれて板間に行けば、そこには年老いた尼の姿もあった。小さく殺風景な部屋ではあるが、立てられた屏風などの屏障具などは立派な誂《あつら》えだ。

惟光の父親の乳母であったという尼は老年にしては矍鑠《かくしゃく》とした印象の女性で、頭には尼僧らしく帽子《もうす》を被っている。

「よくぞ、こんな鄙《ひな》びたところへいらっしゃいました」しわがれ声で尼が言う。「ここに来るまでは不吉なものもよく見たはず。お疲れでしょう。話を聞きに来られたとのことですが、少し休みますか」

「お気遣いありがとう存じます。けれど、大丈夫です。……初めまして、紫乃と申します。二条の邸よりやって参りました」

偽名として本名を名乗るのも慣れたものだ。

紫乃が名乗ると、少納言乳母も源氏の使いであると述べ、改めて互いに挨拶をする。そうして、大徳が本題を切り出した。

「さて、それで——今日は何をお聞きになりたいのですかな。いただいた文には、尋ねたいことがあるというようなことが書かれておりましたが」

紫乃はやや緊張しつつも、はい、と頷く。

「夕顔の君さまがこちらに運び込まれてより後のことをお伺いしたく、まいりました。……わたしはとある事情で、夕顔の君の死について、きちんと確認しなくてはならないのです」

直球だったので直球で返す。——そして、その上でさらに付け加えた。

「お二人とも、夕顔の君を覚えていらっしゃいますか？　四年か五年ほど前のことです。おそらく、従者どの——惟光どのがこちらに運んできたことと思います」

しばらく何の話か思い出そうとしていた二人は、

「ああ、あの女人の……まるで物の怪の仕業がごとく、あまりにも突然亡くなったという」

ようやく誰のことを話しているのか思い至ったらしい。得心したような顔になった。

「私は運び込まれたその場にはおりませんでしたが、そのお方の供養のために念仏は唱え申した。母上は……」

「その場におりましたよ。亡くなった女君はまだお若くて、お気の毒にと思いましたとも」

「亡骸はおきれいだったとお聞きしましたが」

「はい。まるで眠っているようで……もちろん時間が経つにつれ、冷たく固くなっていってしまわれましたが、運び込まれてすぐはまだ」

なるほど、と紫乃は頷く。……少なくともパッと見て他殺とわかるような遺体ではなかったと。

夕顔が死んだのは夜だった。平安時代の夜は暗い。

だからこそ、もしかしたら源氏や、遺体をここまで運んできた惟光が気が付かなかっただけで――遺体はさすがに筵《むしろ》で覆っていたはずなので――おかしな点があったかもしれないと考えていたが、そういったことはないらしい。

「しかしなぜ、そのようなことを……。夕顔の君の死についてきちんと確認しなくてはならないと仰いましたが、亡骸のことなど年若い女子が気にするようなことではございませんでしょう」

「尼君の仰る通りです、姫様。もう帰りましょう」

少納言乳母が言うが、紫乃は首を振った。

「そういうわけにはいかない。わたしには、夕顔の君の死についてきちんと知る必要があります。いえ、どうしても知りたいんです」

「姫様……」

源氏、惟光、右近、左大臣家、六条御息所。二つの死に関わる人々から直接話を聞いたのはおそらく紫乃だけだ。

好奇心からの行動で、奥まで踏み込んだのだ。紫乃には納得いく答えが出るまで調べる責任があった。

「亡骸が運び込まれたあとも、息を吹き返したりはしないか、手を尽くしたのでしょう？　それなら亡骸も多少は検めたでしょうし、他に何かわかることはありませんでしたか？　異変は本当になかったのでしょうか？　着衣に乱れなどは？」

「いいえ、特には……。ああ、ただ」記憶を探るように目を瞑った大徳が呟く。「口の辺りに何かついておりましたな。母上は覚えておられますか？」

「えっ」

紫乃は慌てて、それはなんですか、と聞いた。

「確か……糸でした。細い糸です。それを食んでおりましたのよ。初めは気づきませなんだが」

「糸……？」

なぜそんなものが口の中に。

紫乃は不可解に首を捻りながら、「異臭はしませんでしたか」とさらに聞く。毒を摂取した人間の口から異臭がすることがあるとは、刑事ドラマやミステリー小説でよく聞く話である。

「いいえ。それも、特には」

「そうですか……」

　さすがに毒死かどうかを確かめるのは無理か。死斑や口腔粘膜《こうこう》、瞳孔径《どうこうけい》から毒死と判断できることもあるというが、文学部の紫乃に詳しい知識などない。

「――ああ、そうです」今度は尼君が、思い出したように付け加えた。「運び込まれた時には、顔が赤くなっておりました。お化粧が取れてしまって」

「顔が赤く？　源氏の君は結局この寺に来て夕顔の君のご遺体と対面なさったそうですが、その時そんなふうになっていた、とは仰っていませんでしたよ」

「亡骸をお見せするのにお化粧を施しましたからねえ。最後に愛する男君にまみえるのにお顔がああではお気の毒でしょう」

　なるほど、と紫乃は呟く。死化粧が上手くいったから、源氏は死体を見て眠っているようだと思ったらしい。

　平安時代に死化粧の文化が一般的だったのかは知らないが、醜い顔を愛した人に見せるのは忍びないと思ったというのには頷ける。

「お化粧をしている中で何か気が付きませんでしたか？　たとえばそうですね、目や口のあたりに変なことはありませんでした？」

「目や口のあたりでございますか。……ああ、確か、何かございましたかねえ。下の瞼《まぶた》の裏でしたか」

「本当ですか」

「ええ。お化粧をする前のことですが、本当にご遺体か確かめるために、目のまわりを見たのですよ。物の怪の仕業で亡くなった女君ということでしたので、霊の力でまた動き出すことがあるかもと、当時は少し恐ろしかったものですから。ほら、突然ぎょろりと目が動いたりすれば恐ろしゅうございましょう？　そう、それでその時に、下瞼のところに赤いぽつぽつとしたものがあったように思います」

「──そうですか」

紫乃は頷き、「ありがとうございました」と頭を下げる。

それを見て、そばで居心地が悪そうにしていた少納言乳母が、えっ、という表情になった。それは紫乃の前に座っていた尼と大徳も同様である。

「もう、よろしいのですか」

「はい。お話を聞かせていただき、ありがとうございました」

微笑むと、尼らは微《かす》かに目を見張った。何やら驚いている空気だったので、「何か？」と問うと、二人はいいえ、とかぶりを振った。

「──これは大変な不躾を。失礼をいたしましたな」

「我らは顔貌が美しいお方は見慣れているのですが、あなたが非常にうつくしいお子だと思いまして。大人になりあそばしたら、あなたはきっと誰にも負けぬ美女におなりですよ」

「……光栄なご評価、ありがとう存じます」

美女になる。まあ、そうなのだろうな、と思う。紫上は源氏物語を通して、光源氏最愛の女性、美しき理想の女君として知られている。

――ただ紫の君にとっては、この顔を持って生まれてしまったことがある種の不幸だったのではないか、とも紫乃には思える。結局源氏が想っているのは「紫の君」ではなく藤壺中宮で、今はいない紫の君はあくまで、藤壺中宮の身代わりだったからだ。

帰り路、少納言乳母が「慌ただしく出てきてしまってよかったのですか」と聞いてきた。

紫乃としては別に、急いで御堂を出る必要はなかった。

――ただ、

「早く確かめたかったの」

「何をです」

「わたしに嘘をついた者がいる。その者が、何故わたしに嘘をついたのか。それを確かめたいのよ」

3

「あっ、ひいさま。乳母どの。お帰りなさいませ」

「ええ犬君。今帰ったわ」

簀子の沓脱《くつぬぎ》まで来ていた犬君が迎えてくれる。紫乃はすっかり疲れ切っている少納言乳母とともに、透廊や渡殿を幾回りもして母屋に戻る。

源氏の出迎えはなかったので、今は邸には不在らしい。参内しているのか、あるいは兵部卿宮や悪友の邸にいるのか。紫乃はあまり源氏の行動範囲を把握していない。

「こんな寒い中、東山まで行ってらしたのですよね。ひいさま、すっかりお手が冷えています」

「そうかしら」

犬君が綿衣を着せかけてくれたので上に羽織ると、途端冷気が遮断されてほっとする。

「今、阿古と乙羽がひいさまの火桶を準備しています。ひいさま、近頃は大分寒さにお強くなりましたけど、数年前は冬の朝なんてずっと御帳台から出てこないこともありましたよね」

「寒すぎて衾から出たくなかったのだもの。……ごめんなさいね犬君、わたしは結局昔のことを思い出していないし、頭を打った直後のわたしなんて、おかしくて、困惑したでしょう」

「ひいさまは何もかも忘れてしまわれたのだから、仕方がないと思います。それに、記憶を失われたあとのひいさまは、すごく大人びていて、しかもお優しくなったので、わたしは嬉しかったですよ」

「あ、そう？」

さすがに当然だが、十歳の女の子と比べれば、「人生つまんない」と投げやりなだけの大学生でも大人らしく振る舞える。

「こら、犬君。姫様に何を言っているのです」

その時、きつい声で犬君を咎《とが》めた声があった。

振り返れば、眉を顰めた右近が早足でこちらに近寄ってくるところだった。

「あっ、右近どの」

「今の物言いは、頭をお打ちになってよかったと言っているように聞こえますよ。姫様は痛い思いをなさったのに」

「あ……そんなつもりはなかったのです。ただひいさまが、前よりも優しく大人っぽくなられたから、それはよかったって」

「まったく、あまりに失礼なお言葉じゃありませんの。あなたは本当に、そういうところがよくない」

ごめんなさい、と犬君が落ち込んで、俯く。たしかに聞こえのいい言葉ではなかったが、悪意がないことはわかっている。

紫乃は安心させるように笑った。

「大丈夫よ、犬君。……悪いけれど、団茶《だんちゃ》を煎じるように厨女に頼んできてちょうだい。あとお菓子も。なんだか喉が渇いてしまったわ」

「は……はい、ひいさま。行ってきます」

「あっ、こら、犬君」

さっと身を翻して駆けていく犬君に、右近が「まったく」と言って肩を竦める。

「……右近、あなたが女童への躾をすることもあるのね。侍女の教育などを取り仕切るのは少納言乳母の役目だと思っていたけれど」

「乳母どのはお疲れでいらして、今は曹司で休まれておられますので、わたくしが代わりに。犬君もわたくしも地下人《じげにん》の家の出身どうしでございますから、目線も近いのです」

「それは阿古や乙羽たちもそうでしょう。あの子たちも、下級官人の家の生まれだわ。それよりも右近」

「はい、姫様。なんでございましょう」

「――どうしてわたしに嘘をついたの？」

＊

犬君も他の女房もいなくなった西の対の母屋では、紫乃と右近の二人きりだった。

だからか、一瞬、静まり返った母屋に、庇の間で繰り広げられているおしゃべりが薄く、しかし確かに響いた。――あちらの男君、どこそこの女君にお通いのようよ。あなた例のお方とはどうなったの。わたくしこの前いただいた歌が、あまりにも出来が悪くて驚いてしまったわ――。

「……嘘？」

ややあってから、右近が驚いたように紫乃を見た。「姫様、突然何を仰るのですか」

「驚かせたかしら。でもあなたはわたしに嘘をついた。そうでしょう？　ささいな嘘ではないから、自分でも何の話かはわかっているはずよ」

「そんな。わたくしがいつ、姫様に偽りを申したと？」

「夕顔の君が亡くなった夜のことを話してくれた時よ。――あなたは夕顔の君が物の怪の仕業で亡くなったのではないことを、知っていたはず」

右近の顔が目に見えて強ばった。そして、周りを気にし出した。……当然だ。塗籠でもない限り、寝殿造の部屋は四方が壁で囲まれているわけではないので、小声でなければ話した内容が隣に丸聞こえになる。いつ誰がこの場に来るかもわからない。

しかし紫乃は構わず続ける。

「夕顔の君、それから葵上。源氏の君の周りの女性、しかも六条御息所さまに妬まれていた女君が二人も不審な死を遂げた。だからわたしは、六条御息所さまの物の怪が
――いいえ、六条御息所さまが放った彼女の手の者が、お二人を死なせたのではないかと疑っていたわ」

それしかないと確信していたわけではなく、あくまで可能性があると思っていただけだが。

けれども関係者に話を聞いていくうち、その可能性も薄れていく感触があった。

――だから、それぞれの事件は独立していたという前提で話を聞くようにしたのだ。

「犯人が物の怪であるという考えは、そもそも初めからほとんどなかった。二人の死は、人の手によるものだと仮定して考えていった。そしてまずは、お兄さまが現場にいた夕顔の君の事件から考えた」

その日の夜起こったことをまとめるとこうだ。

まず、源氏が悪夢により目を覚ます。そして右近と夕顔を起こす。二人とも悪夢を

見て怯えていて、特に夕顔は正気ではない様子だった。助けを呼ぼうと源氏は部屋の外に出て、帰ってきたら夕顔は息をしていなかった――。

「そして右近、あなたは言った。あなたは源氏の君が離れている間、悪夢を見たことと尋常ではない主人の様子を恐れ、伏せるばかりで、すぐそばで亡くなった彼女に何が起こったのかは知らないと。――でもそれは嘘」

「な……なぜ！　なぜそんなことが言い切れるのです？　その場をご覧になったわけでもないのに」

「……聞いた時は信じたわ。だからこう思った。いつかの機会に盛られた遅効性の毒が、まさにその夜彼女を蝕《むしば》み、死に至らせたのだろうと。源氏の君がその場を離れたまさにその時、彼女は息を引き取ってしまったのだと」

だが毒を盛るタイミングは？　――そこがわからなかった。

惟光から差し入れられ、女童が配ったという菓子は怪しいが、夕顔以外の者もそれぞれ自分で選んで食べているという。

遅効性の毒を盛ったとなると、さらに誰の仕業かわからなくなる。もう夕顔の遺体は骨だ。毒を摂取したタイミングも毒の種類も割り出せない。……そもそも毒の知識が、中の品の女とその家の者にあるだろうか。

そこで遺体に触れた可能性のある尼たちに会いに行ったわけだが、

「でも違った。夕顔の君は毒死ではない」

「じゃあ、やはり物の怪が――」

「いいえ、そうでもない」

「なぜですか？　御主の亡骸は綺麗でした。大きなお怪我はなく、血に濡れているということもございませんでした。それまでお元気だったのですから、病死でもございませんのに」

「――窒息死よ。呼吸ができなくて亡くなったの。違う？」

窒息死なら、ことは単純だ。

源氏の君が離れるまで生きていたなら、戻ってくるまでの間に誰かが夕顔の君を殺したということになる。

「遺体の口にはよく見ないと気づかないほどに細い繊維が付着していたそうだから、おそらく分厚い布か何かを顔に押し付けて口と鼻を塞いだのでしょうね。着物も、衾もそこにはあったはずだし」

それだけではない。東山に運ばれた時の、化粧がはげた夕顔の君の亡骸は、顔が鬱血しまぶたの裏には赤いぼつぼつ――溢血点《いっけつてん》があった。顔の鬱血と溢血点は窒息死の死体に出る特徴である。

とはいえ紫乃はあくまでミステリーが好きなだけで、検死の知識があるわけではない。遺体を直接この目で見た訳でもない。

溢血点は病死の時にも出ると聞いたことがある。つまり、顔の鬱血と眼瞼結膜《がんけんけつまく》の溢血点、それだけでは窒息死とは断言できない。

――だが、可能性は十分にある。

「いくら正気でなく、半覚醒の状態だったにせよ、呼吸ができなかったら多少の抵抗をしたはず。そもそも夕顔の君を殺そうと人が近づいていたら衣擦《きぬず》れの音で気づくわよね。……あなたはその時すぐそばに伏していたのでしょう？　だったら、あなたが異変に気がつかなかったはずがないのよ。けれど何も知らないとあなたは言った」

「ひ、姫様、わたくしは」

「あなたが殺したの？　右近。主人である夕顔の君を」

紫乃の冷ややかな問いに、右近はしばらく何も言えずにぶるぶると震えていた。

しかし、ややあってから、震える声で「違います」と言った。「わたくしではございません。わたくしは御主を殺してなどおりません」

紫乃はさらに冷ややかな声で言った。「――では、夕顔の君を殺したのは誰だと言うの」

「あ……阿古にございます」

右近が悲痛な声で叫んだ。紫乃はそんな彼女を見て、無言で目を細め眉を寄せる。

「阿古はわたくしと共に夕顔の君に仕えていた女童！　源氏の君に御主からの和歌が書かれた扇に載せて、夕顔の花をお渡しした女童――！」

紫乃の細長の袖に縋るようにしがみつく。

「信じてくださいませ。姫様、わたくしは、御主を殺してなどおりません」

「――そうでしょうね」

「……えっ？」

右近が目を丸くする。

紫乃は軽くため息をつくと、袖を摑む彼女の手を外させた。

「わたしは別に本気であなたが人殺しなどとは思っていないわ。ただ。あなたが犯人でない確信がなかったから、念のため確かめたかっただけ」

「そう、なのですか……？」

「……犯人だと思われる女童が阿古ということは、さすがに知らなかったけれど。そう、お兄さまに扇と夕顔の花を届けた女童が阿古だったのね」

「どうして……」

右近は呆然としている。あっさりと主張が受け入れられたことがそれほど意外だったのだろうか。

「……確かにあなたは怪しいけれど、引っかかる点があった。嘘をつく必要のないお兄さまが、物の怪の声を聞いたと言っている。それから、あなたが悪夢を見ていたというのも、本当に聞こえた——目覚めてすぐに正気を失い、人事不省に陥りかけていたという夕顔の君は言うまでもないわ。三人揃って悪夢を見る、これも物の怪のせいでないなら、人の手によるものということ。そこでわたしは薬を疑った」

「薬……？」

「そう」

夕顔の君は不眠ぎみだったはずだと源氏は言っていた。不眠のための薬ならば常備していたはずだとも。

ならばそれが盗まれて、三人に盛られたのではないかと、紫乃はそう疑ったのだ。

「あなたは女童が菓子を配ったと言ったでしょう。その女童は阿古だったのではない？」

「そ、そうです！　あ、阿古が薬を盛ったのですか……！　あ、ああ……確かにお菓子すべてに盛っておけば、食べた者は皆眠ってしまう……」

「ええ。睡眠導入剤となると唐の薬でしょうね。ただ、いくら唐の薬学が素晴らしいといっても、用量がよくわかっていない者が食べ物に盛れば、逆効果になったり、副作用を生じさせたりすることもあるでしょう」

それがおそらく、悪夢に繋がったのだ。令和と平安時代とでは薬の種類が違うことはわかっているが、紫乃が生きた時代でも睡眠薬を飲んで悪夢を見る者はいる。

——また、薬を盛ったのは菓子を用意した惟光の可能性もあったが、彼は現場から離れていた。動機がないし、仮に犯人である女童と共謀したにしても、惟光は源氏には薬を盛ったりしないだろう。

「——阿古は夕顔の君を殺そうと企み、彼女と共寝するお兄さまと、それから右近を深く眠らせようとして、くすねた薬を菓子に盛った。菓子がなければお茶にでも入れるつもりだったんでしょう。けれどその時用量を間違えたため、うまく効かず、お兄さまが起きてしまった。だから隙を見て、阿古は布を夕顔の君に押し付けた……たとえ子どもでも、仰向《あおむ》けの女性の顔に布を押し付け、上から体重をかければ窒息くらいさせられるはず」

「……」

「右近、あなたは悪夢を見て動揺し、本当に怯えて伏していたんでしょう。さすがに途中で異変に気がついたけれども、その時にはもう遅かった。夕顔の君はすでに息をしていなかった。違う？」

右近は俯いたまま何も言わない。

紫乃は右近の表情が見えないことに、『紫の君』の身体が着実に成長していることを感じた。四年前の身長差なら、見上げれば俯いた顔の表情も見えただろう。

「そしてあなたはとっさに阿古を匿《かくま》った」

夕顔が死んだのは夜だ。暗いから女の子を隠すのは難しくなかっただろう。たとえば御帳台の奥、几帳の影、屏風のうしろ――隠れる場所も多くあったはずだ。協力者がいればなおさら。

さらに言葉の端々に物の怪の仕業を匂わせ、源氏の思考を誘導できればなおいい。

「でも右近、どうして阿古を庇《かば》ったの？　やっぱり従姉妹同士だから？　それでとっさに阿古のことを守ろうとしたの？」

「……はい。ああ、いいえ、守るというのは、違うかもしれません。あれはわたくし自身のためでございました。女主人を殺した者が身内にいると知れてしまえば、どうなってしまうか……」

「まあ、たしかに。従姉妹が女主人を殺したと明らかになったら、あなたの再就職にも響くでしょうね」

紫乃が冷ややかに言うと、右近は真っ青な顔のまま俯き、「それに」と付け加えた。

「……わたくしは、御主を阿古から守ることができるところにいたのに、何もできませんでした。そんなことが知れたら、間違いなく源氏の君さまの怒りを買ってしまうでしょう。わたくしは、ただ従姉妹が女主人を殺したと世間に知られるよりも、そのことの方がずっと恐ろしゅうございました」

「なるほど。まあお兄さまは京中の人気者にして極上の身分の男君だし、怒らせたらただでは済まなそうだものね」

つまり右近としては、保身のためにもどうにかして阿古の仕業とばれないようにする必要があった、ということだろう。

右近は俯いたまま唇を嚙んでいたが――やがてか細い声でささやくように言った。

「姫様。わたくしは、どうなるのでしょう……」

「……どうなるのか、と言われても、わたしにはわからないわ。この件は、わたしがほとんど自己満足で調べたことだから。どうせ証も何もないのだし、使庁の役人もあなたを糾弾もできないしね。まあ、お兄さまが突き出せば話は別でしょうけど」

罪人にはなりたくないでしょう、と言う。

たとえ直接手を下していなくても、彼女がしたのは犯人隠避だ。

「わたくしは……どうすれば」

「とりあえず、黙っていてほしければ、わたしの頼みごとを聞いてもらうわ。少し面倒だろうけど、千草という典薬寮の女医とやりとりができるようなんとか取り計らってちょうだい」

きちんと言いつけを守ってくれたらこのまま仕えられるように取り計らってあげる、と言い添えた。源氏に何もかも黙っているわけにもいかないが、今の推理をぼやかして伝えることくらいなら紫乃にもできる。

「え……な、なぜ。よ、よろしいのですか。わたくしがこのまま」

「よろしくはないけど、夕顔の君の死の真相を今さら掘り返したところで、誰も得をしないもの。さすがに阿古をそのままにしておくわけにはいかないけれど、あなたから余計な恨みを買いたくないし」

右近は主人よりも自己保身を優先する人物のようだが、女房としては有能であるし、源氏物語でもこの先紫上が右近に陥れられるような場面はなかったはずだ。

ならば、うまく使った方がこの先のためにもなるだろう。

「やってくれるでしょう?」

そう言ってちらと顔を覗き込むと、右近は慌てたように「はいっ」と上擦った声で応えた。「す、すぐに手配いたします」

「ええ、急いでね」

夕顔の死の真相については、ある程度わかった。

まだ確かめられていないのは、阿古の動機と、葵上の死の真相についてだが――。

(まず先に、阿古の動機についてははっきりさせよう)

そのために――「彼」の話を聞かなくては。

終章

千尋ともいかでか知らむ定めなく満ち干る潮ののどけからぬに

1

「夕顔の君の死に関しては、今お話ししたようなことがあったらしいのですが。やはり当時、従者どのは気が付かれませんでしたか」

「いいえ。まさか、阿古がそんなことをしたとは、まったく……」

――冬の昼間である。

紫乃は「夕顔の君の死と、葵上さまの死について話がある」と言って惟光を呼び出し、東の対で二人、話をしていた。

庇の間と濡れ縁の間にある御簾は巻き上げられており、紫乃は庇、惟光は簀子に座っている。高欄の向こう側にある前庭には昨晩降っていた雪が積もっており、差し込む光を反射して煌《きら》めいていた。

「それにしてもよくぞまあ調べられましたね。まさか物の怪どころか女童の仕業など。なぜ、息ができずに死んだとわかったのですか？　それも令和の知識なのですか」

「わたしがわかったのは、可能性があるといった程度のことですよ。物語で知ったというくらいのあやふやな知識で」

「だとしても随分と色々な知識が民に広まっている時代ですね。しかも亡骸を検める知識が載る物語とはいったい……」

惟光は理解しがたいという声で言う。

「……しかし、なぜ阿古は自分の主人を殺すなどという、恐ろしいことをしたのでしょう」

「阿古の殺害の動機ですか。……従者どの、わたしはそのことがあったから、お兄さまよりも先にあなたに、夕顔の君の死についての推測をお話ししたんですよ」

「はい？」紫乃の言葉に、不可解そうに惟光が眉を顰める。「そのことがあったから、私に先に推測を話した、とはどういうことですか」

「……わかりませんか？　阿古の殺害の動機は、従者どのに関係しているんですよ」

「心当たりがありませんが」

そうですか、と小さく呟き、紫乃はかたわらの惟光を見上げる。

「——嫉妬ですよ。阿古はあなたに熱烈に恋をしていたんです。だから、夕顔の君に、あなたを取られてしまうと恐れ、犯行に及んだんです」

「嫉妬、ですか」ふうむ、と唸った惟光が首を傾けた。「そうは言いますが、紫乃。阿古が私へ好意を抱いていた、という話の真偽は脇に置いておくとしても、夕顔の君に私を取られてしまうと恐れた、という点は理解できかねます。夕顔の君は、我が主――光る源氏の君と恋をしていたのですよ。それだというのに、どうして阿古が、私と夕顔の君が関係を持つという発想に至ったというのです」

「……」

あくまで穏やかに反論する惟光を、紫乃は黙ってじっと見つめる。

それから、溜息とともに紫乃はもう一度口を開いた。

「少し話は逸れますけど、従者どのは顔を覆う面布をいつもつけていますよね。埃避けのためだとおっしゃっていました。くしゃみや咳《せき》が出てしまうから、と」

「ええ」

「ですが、その面布、本当に埃避けのためにつけているんですか？」

「――……」

面布の下で明らかに、惟光の表情が固まった。紫乃は続ける。

「従者どの、わたしも六条邸に行く時、顔に傷があるからという理由をでっち上げて面布をしました。わたしが『二条院の姫君』だと知られないように、顔を隠すためです。『二条院の姫君はあの時身分を偽ってあちこちの家に潜入していた』などということが露見したらまずいですから。

そのときふと思ったんです。従者どのは、本当は埃避けのためではなく、その時のわたしと同じように、顔を隠すために面布をしている可能性はないのか、と」

その時はただの思い付きにすぎなかったが、紫乃はしばらくして惟光が身分の差も甚だしい大宮を夢中にさせたことを思い出した。

葵上、頭中将、桐壺帝、そして光源氏——京でも指折りの美男美女を家族に持っているはずの大宮は、並大抵の美男では気持ちを揺らがせることなどないはずではないかと。

そんな大宮を夢中にさせたということは。

「——あなたは、この世のものとは思えない美男、とまで言われる光源氏よりも、さらに優れた美貌を持っているのではないかと、そう思った」

紫乃は、惟光の容貌が格別に優れていたとしても、それを正しく理解できない。

それは紫乃が千年先の未来から来た、この時代とは違う美的感覚の持ち主だからだ。

(だから、惟光の美貌がどれほどのものなのか、ずっと知らないでいた)

——惟光がきれいな男だとは、紫乃も『わかって』いる。

だが、『思って』いるわけではない。

四年ほどこの時代で暮らしたことで、紫乃も平安時代の美的感覚を理解してきていた。といってもそれは、あくまで『学んで』わかっていったことであり、この時代の美男美女を本能で美しいと思うようになったわけではない。

「本題に戻りましょう、従者どの。もしもあなたが本当にお兄さまよりも優れた美貌の持ち主であれば、夕顔の君があなたに心を移すことも考えられますよね。

——いえ。もう、夕顔の君も、あなたのことを好きになってしまっていたのでは？

そしてあなたも、それに気づいていたんじゃないですか？」

「それは……」

「否定、なさらないんですね」

惟光は、夕顔の君のもとに源氏を手引きしやすくするため、夕顔付きの女房たちと関係を持っていた。

惟光は基本的に顔を隠しているが、女房を口説く時に面布をしているとは思えない。となると、女房たちに混ざって生活していた夕顔にも、惟光の美貌を目にする機会があったはずだ。実際「源氏物語」でも、女主人である夕顔が女房に扮している場面がある。

（そして惟光の顔を見る機会があったのは、阿古も同じ。女童は女房たちの見習いだから、惟光が女房たちを口説く現場くらい、見たことはあったはずだし。だからきっ

と、阿古も惟光を好きになってしまった）

　阿古とて、女房たちが惟光を好いていたことには気が付いていたはずである。右近などの女房が彼と関係を持っていたことにも。

　では、なぜ、夕顔だけが阿古の殺意の対象になったのかというと、夕顔は女主人で、その他大勢の女房たちとはそもそも立場がまったく違うから――ではないだろうか。

　夕顔は中流貴族の娘で、同じく中流貴族の子である惟光と身分が釣り合うのだ。

　だから特別、夕顔だけを恐れた。夕顔だけを嫉妬の対象にしたのだろう。

　惟光は、源氏の想い人に手を出すようなことはしないだろうが、阿古はそんな彼の強い忠誠心を知らない。

「そもそも元皇子のお兄さまと夕顔の君では身分が違いすぎるので、恋路を貫くには無理があったでしょう。さすがに初めはお兄さまも身分を隠して夕顔の君に近づいたでしょうが、時も経てば夕顔の君も正体に気付いたはず。それなら夕顔の君が、雲の上の身分のお兄さまではなく、身分が釣り合っていて、かつ非常に美しいあなたに心を惹かれるのも無理はないし……夕顔の君が、源氏ではなくあなたを本物の恋人に選んでしまうことを阿古が恐れたのにも頷けます」

　紫乃の知るだけで、彼には多くの女が狂わされていた。高貴な女君、中流貴族の姫君、女房達、女童。賀茂祭の時の源典侍も、源氏でなく惟光の方を見ていたような気がする。経験豊富だと面の下の顔も想像がついたりするのだろうか。

何にせよ、まったくもって、美しい人というのはおそろしい。

阿古が、大宮が、右近がそう言ったように——彼は本当に魔性の男だったのだ。

「……紫乃」

「はい」

惟光はどこか苦しげに眉を寄せていた。

「確かに私は優れていると評価される顔を持っています。我が主と比べてどうかということまでは私の口からは何とも申せませんが……確かに、好みによれば、我が主よりも私の顔貌の方が、とおっしゃる方もいるかもしれません。ですが、私はそれが何より苦しいのですよ」

「苦しい、ですか」

「はい。私は我が主を誰より敬愛申し上げています。だからこそ、私の方が主よりも評価されると苦しい」

だから常に面布をつけているのです、と、惟光は言った。

「……そう、なんですね」

敬愛する相手が思いを寄せている女性に、好かれる——たしかにそれは想像するだけでも居たたまれない。夕顔の君の想いは、きっと惟光にとっても負担だっただろう。

紫乃が惟光の立場でも、主に申し訳が立たないと思うはずだ。

そして顔を隠していなければ、きっとまた夕顔の君のときのようなことが起きる。そう思うと、彼はこれからずっと面布を手放せないだろう。

しばらくの沈黙ののち、紫乃は「従者どの」と口を開いた。

「もう一つ、お話ししておきたいことがあります。葵上さまの死について」

「ああ、そういえば、葵上さまの死の件についてもお話があるとのことでしたね。いろいろと調べていらっしゃいましたが、やはり物の怪の仕業でしたでしょう」

「――いえ、違います。物の怪……六条御息所さまの生霊の仕業ではありません」

紫乃が言い切ると、惟光が眉間に皺を寄せた。

「では、他の誰かの仕業だとでも？」

「自死ですよ。葵上さまはご自分で死を選んだんです」

「は……？」

惟光が目を見開き、紫乃を凝視した。

「自死？　どうしてそんなことを……。いえ、そもそも、物の怪のことはどこにいったのです。我が主は葵上さまに生霊が取り憑いたところを見ているのですよ」

「葵上さまの死と、物の怪の件は、直接関係はありません。――というかそもそも、お産の際に物の怪騒動を起こしたのは、葵上さまと従者どのでしょう」

「……なんですって?」

「順序立てて説明します。まず、わたしが葵上さまのお産の際に起きた物の怪騒動で、不思議だと思ったことは二つありました」

まず一つ目は、葵上を憑坐《よりまし》にして、六条御息所の生霊が源氏と会話をしたこと。

そしてもう一つは、なぜか左大臣邸で護摩を焚いた時に香る芥子の匂いが、左大臣邸から遠く離れた六条邸にいた六条御息所の衣から香ったことだ。

「まずこの二つの不思議な出来事に、物の怪はまったく関係ないと仮定するとします」

「……まあ、いいでしょう。あなたは物の怪の実在が信じられていない世から来たと伺いましたしね。それで?」

「はい。一つ目についてはまず、葵上自身が生霊を演じていたと考えるほかありません。そう考えると、彼女が望んで『葵上は出産時に嫉妬した六条御息所に取り憑かれた』という事実をでっち上げたということになります」

つまり葵上は物の怪騒動の仕掛人の一人でなければおかしい。

「なるほど。それでどうして、私が騒動を仕組んだ側の人間ということになるんです?」

「二つ目の、六条御息所の衣に芥子の匂いがついていた話。あれも六条御息所が生霊になっていないのなら、彼女のお世話をする女房らが必死に衣に匂いを薫《た》きしめたということになるでしょう。――それをさせたのが従者どの。あなただ、と考えたからです」

六条御息所のお世話係は三人いた。少なくとも、匂いがついた日に、彼女の衣を用意したり、彼女の髪を洗ったりしたのは三人だった。

六条御息所の衣や寝具におかしな細工をしたり、悪戯をしたりする者がいれば、三人の中の誰かがすぐに気づくはずだが、何もおかしなことはなかった、と女房の中の一人が言った。そして他の二人もそれを否定しなかった。

であれば、三人が共謀して六条御息所の衣や髪に匂いを薫きしめたのではないか。

「でも、なんの理由もなく、女房たちが自分の主人にそんなことをするとは思えない。だから、誰かにそそのかされてやったんじゃないかと思ったんですよ」

「紫乃はその、三人の女房たちをそそのかしたのが、私だとおっしゃりたいのですか」

「はい。だって、従者どのには、彼女ら三人と接点がありますよね？」

紫乃が六条御息所邸に行った時、六条御息所に仕える女童に訊いたところ、惟光が彼女らそれぞれと関係を持っていたことを教えてくれた。惟光が女房たちと関係を持った理由はもちろん、六条御息所に仕える者を味方につけて、御息所と源氏を引き合わせやすいようにするためである。

「――つまり、紫乃。あなたが言いたいことはこういうことですか」

惟光が硬い声で言う。

「葵上さまが生霊に取り憑かれたのは、葵上さまがそう見せかけただけだった。そして六条邸ではその翌日、まるで六条御息所さまが左大臣家に生霊として現れたからだと言わんばかりに、御息所さまの衣に芥子の香がまとわりついていた。だがそれは、私がそそのかした女房たちが、葵上さまが生霊に取り憑かれたふりをする日に、御息所さまの衣に芥子の香を焚きしめたからだった」

「はい。衣に香りを焚きしめる日については、葵上さまと従者どのが決めた日を、御息所さまの女房たちと通じている従者どのが伝えればいいだけです。たぶん三人の女房たちが香りを焚きしめたのは夜、御息所さまが眠った後でしょう」

葵上の演技。

そして、惟光がそそのかした女房たちによる香りのトリック。

その二つは、葵上と惟光が示し合わせて「六条御息所の生霊が葵上に取り憑いた」という物の怪騒動をでっち上げるための布石だった――と紫乃は考えている。

「しかしなぜ、葵上さまは生霊に取り憑かれたふりをしなければならなかったのですか。またなぜ、私が女房たちをそそのかす必要があったのですか。どうして私と葵上さまが、示し合わせて物の怪騒動をでっち上げなければならないのです？」

「もちろん、六条御息所さまを、お兄さまから引き離すためですよ」

「葵上さまと六条御息所さまはいわば恋敵なのでわかるとして、なぜ私が御息所さまを主から引き離さなくてはならないんです？」

紫乃は言葉を選びながら答える。

「……御息所さまが嫉妬深く、執念深い女性なのは間違いないでしょう。しかもご身分のあるお方です。……そういう女性が情念をこじらせてお兄さまを深く恨むようになれば、どんな害が生まれるかわからない。お兄さまの心も離れていたわけですし、とっとと引き離してしまった方がいい存在だ、と考えたのでは？」

だからこそ彼は一計を案じた。危うい女性を源氏から遠ざけるために。

源氏が彼女への嫌悪感を抱くような──さらに、気高い性格だった六条御息所が自ら源氏のそばを離れたくなるような計画を立てたのだ。

そして実際に六条御息所は、斎宮に同行して伊勢に行くことを決めている。

「あなたなら葵上さまをそそのかすことも簡単だったはずです。六条御息所は危うい女だ、引き離したほうがいい、けれども源氏の君はお優しいから突き放すことがおできにならないでいる、だから騙《だま》してでも別れる踏ん切りをつかせたほうがいい──などと言ってね。葵上さまだって六条御息所には妬みの心もあったでしょう。決心はしやすかったはずです」

──しばしの沈黙があった。

そしてそれを先に破ったのは惟光だった。

「……紫乃。それらはすべて、あなたの憶測です。私が葵上さまと共謀して、物の怪騒動を起こした証はどこにもありません」

「はい。葵上さまの死の件も、夕顔の君の死の件も、わたしが納得できず、自己満足で調べただけですからね」

「ただ……仮にあなたの話がすべて当たっていたとしましょう」惟光が俯いたまま囁《ささや》くような声で言う。「あなたは、葵上さまは自死をしたとおっしゃった。それは、なぜなのですか」

「……そうですね……。まず、わたしが葵上さまの死が自死だと考えた理由は単純です。亡くなる直前に召し上がったのは薬湯だということでしたが、そこに毒を盛る機会と、葵上さまを殺害する動機を併せ持つ者はいませんでした。疑わしい者がどうしても思い浮かばないのなら、自殺と考えるしかない」

紫乃は右近に夕顔の死の経緯を確かめた後、その右近に無理を言って、典薬寮の女医・千草から話を聞いた。

するると、女医の千草は葵上に頼まれて、毒薬を調合したと言った。邸に鼠《ねずみ》が出るから、口にしてすぐ殺せるような強力な毒がほしい、苦しむと哀れだから、できるだけ静かに逝ける毒がいいと。調合した毒は、奇《く》しくも死んだときに毒と病死とが判別しにくいようなものだったらしい。

　鼠云々は口実だろう。葵上は自分で毒を調達して自分で毒を飲んだのだ。

　薬湯を飲んだその時、もしくはそのあとに、隙を見て。

「ではなぜ葵上さまは自ら死を選ぶようなことをなさったのでしょう」

「わかりません。ただ、推測することはできる」

　自殺の動機。こればかりは欠片《かけら》も確かめようがない。物の怪騒動の時のように証がないどころか、事情を聴くことすらできないからだ。

　ただ、惟光に加担して六条御息所の印象を下げ、源氏を騙してしまったことが、自死を選んだ理由ではないかと紫乃は考えた。

「葵上さまは気高い姫君。あなたと仕組んで人を貶めるような芝居をしたことに、まったく良心の呵責を覚えなかった、ということはないでしょう。必ず、並大抵でない懊悩《おうのう》があったはずです」

　さらに葵上は産後で、疲れ切った状態だった。

　産後は体調不良にも情緒不安定にもなりやすい時期だ。源氏は、「物の怪」に苦しめられながらも男の子を産んだ葵上を優しく労《いた》わっただろう。

　今までうまくいっていなかった夫と和解できそうな空気を感じて、なおさら罪悪感を煽《あお》られたに違いない。

「大宮さまは、葵上さまがお兄さまを心の底から愛していたと言っていました。嫉妬のせいで自分を見失っていたのだとしたら、我に返ったとき、慙愧《ざんき》の念に堪えかねて毒を飲んでもおかしくありません」

葵上は嫉妬のあまり、惟光とのたくらみを実行せずにはいられなかった。ただ彼女は、自分がおそろしいほどの後悔の念にさいなまれる可能性を、はじめから考えていたのだろう。

だからあらかじめ、千草に毒を用意してもらっておいた。

そして、生まれた子を育てる母としての責任や、これからうまくいくかもしれない夫婦生活と、自分の後悔と罪悪感を秤《はかり》にかけた。――その結果、後悔と罪悪感に秤が傾いたのだろう。

「……なるほど。そういうことでしたか」

「あくまでも、わたしの考えですが」

「有り得そうな話です。……確かに、葵上さまの死に関しては、私の考えが浅かった。葵上さまが自死を選ぶほどに懊悩する可能性まで考えなかった私の落ち度です」

「えっ、それって……」

認めるということか。自分が、葵上と共謀して、物の怪騒動をでっちあげたことを。

しかし紫乃が何かを言う前に、惟光が立ち上がった。そして、座ったままの紫乃を見下ろす。

一瞬の間ののち、紫乃、と惟光が穏やかな声で言った。

「事の顚末は、あなたの口から源氏の君に伝えてください。その上であの方が罰を受けよと仰るのなら、謹んで従いましょう」

2

——その翌日、「紫の君」の裳着礼が行われた。

紫の君の母は故按察使《あぜち》大納言と故尼君の娘である。本来、裳着の場所とは母方で準備するものであるので、故按察使大納言邸で裳着礼が行われるはずだったのだが、残念ながらそれは難しかった。

というのも、故按察使大納言邸は非常に荒れていて儀式ができる状態ではなかったのだ。そのため裳着礼は二条院の西の対にて執り行われた。

源氏の心遣いによって室礼《しつらい》は素晴らしく整えられ、贈答品の質もかなりのものであったそうだけれども、左大臣家からも右大臣家からも参列者はなく、源氏の異母兄弟の親王たち、帥宮、四の宮などの出席があったくらいだった。

ただ、他はおおむね通常の裳着礼と変わらなかったらしい。客を招き、酒や食事を楽しんだ後、時刻になったら裳着を行い、その後場所を移して管弦の遊びに移った。

紫乃は白織物の唐衣、同色の織物裳を着用した。その裳の腰を結ぶ腰結役には、複雑な関係である実父——紫乃どころか「紫の君」も会ったことすらない——兵部卿宮が務めたことから、紫乃としては気まずいを通り越して逃げ出したくなるような時間だったのだが、儀式自体は問題なく済んだ。

というわけで「紫の君」は、正式に源氏の妻——「紫上」となったのだった。


「どうだったかな、お父君との対面は」

さらに次の日、紫乃と源氏は庇で二人、それぞれ琴と琵琶《びわ》を弾き鳴らしていた。

昨日さんざん管弦の遊びに興じたものの、客もいなくなり、すっかり静かになった邸がもの寂しくて紫乃が琴を弾き始めたら、源氏が琵琶を持ち出してなんとなく合奏が始まった。

弦を弾きながら源氏が軽い調子で聞いたので、紫乃もあっさりと「わたしの父ではありません」と応える。

「またあなたは、そういうことを言う」

「間違ったことは言っていません。せっかくのお父様との対面だったのに、わたしが紫の君から奪ってしまった。なんだか申し訳なくて」

「……まあ、そう言うだろうとは薄々思っていたが」源氏が苦く笑う。「あなたも成人した。裳着はやらないわけにはいかないからね」

「そうですね」

木口縁と庇の間との境にある御簾が、そよそよと風に靡《なび》いている。二人のいる場所の御簾は巻き上げられているが、横の御簾は下げたままなので、風にも揺れる。

南からのものらしく、冬の風とはいえ冷たくはない。紫乃は揺れる御簾をぼんやりと眺めながら、兵部卿宮の顔を思い出す。

(似てたな。紫の君と)

そして、源氏とも。

よく考えれば、それも当然の話ではある。紫の君とそっくりである藤壺は兵部卿宮の妹だ。そして藤壺は源氏の母である桐壺更衣に瓜二つであり、源氏は桐壺更衣によく似ているとされる。

紫乃はびん、と弦を鳴らす。――聞きたかったことがあった。

「ねえ、お兄さま」

「何かな」

「……お兄さまは、本当は気づいていたんじゃないですか。葵上さまの死も、夕顔の君の死も、物の怪の仕業などでないこと」

おもむろに、源氏が顔を上げた。

そして、穏やかな微笑を浮かべたまま、「突然だね」とだけ言う。

「そうですか？　一応、ずっと変だなとは思っていたんですよ」

紫乃は源氏の横顔をちらと見て、続けた。

「お兄さまは乙羽のように徹底的な現実主義者ではないのかもしれませんが、迷信深い人ではありません。式部少輔の殺害事件のときも、かなり不可思議な状況であるのに、物の怪の仕業と断ずるには早い、と理性的な意見を述べていました。

けれど葵上さまの物の怪騒動のときは違った。頑なに物の怪の仕業だ、彼女の口を借りて六条御息所さまの物の怪が話したのだ、と言い張った。……疑わしい者が存在しない突飛な殺人事件では人の仕業を疑うのに、葵上さまが物の怪を演じたという説明で片がつきそうな騒動では、物の怪の仕業だと信じて疑わない。言動に一貫性がありません」

「ひどい言われようだな」

「……結局、ただの葵上さまの演技だった『物の怪の言葉』を、六条御息所さまの生霊のものだろうと強く主張したことも怪しいです。まるで葵上さまたちのたくらみを知っていて、それを後押ししたかのようです」

考えすぎだ、と源氏が言う。穏やかだが平坦な声だった。

「それこそ、恥ずかしい話だが、私の思い込みだったわけだよ。御息所さまが葵上さまを害するかもしれないといったことを、未来を知るあなたが言っていたから」

それに、と付け加える。「私が葵さまのたくらみを助ける理由はないだろう？」

「そうでしょうか。あなたと御息所さまの関係はほとんど冷え切っていたと聞きますよ。うまく御息所さまの方から去っていくように仕向けてもらえれば好都合、と思っていても不思議はないでしょう」

「人を冷血漢のように言ってくれるね」

「別に冷血漢とまでは言いませんけど。だってお兄さまの本命は藤壺さまでしょう。だったら、関係が冷えたから遠ざけたくなった、というのもわからなくはないです」

紫乃からすると冷淡すぎるとは思うが、やはり平安時代と令和の時代では恋愛観も違う。結果的にそのたくらみのせいで葵上は死を選んでしまったが、それは共謀関係にあった惟光も、そして源氏も予想し得なかったことだ。

あと、と言って紫乃は源氏を睨んだ。

「……どうせお兄さまは、わたしが従者どのたちのたくらみに気づけるはずがないと、ハナから決めつけてたんでしょう」

「おや」

「だってそうでなければ、葵さまと従者どののたくらみに気付かない振りをしていたお兄さまが、潜入調査にあっさり許可を出してくれるはずないですものね。わたしを甘く見ていた証拠です」

源氏は紫乃を見たまま、一度、二度とまばたきをする。

それから苦笑して、「そういうわけではないよ」と言った。

「じゃあ、どういうわけだったんですか」

「私があなたを好きなようにさせたのは、紫乃、あなたがどう行動するのか興味があったからだ。何をしてくれるのか見たかったのだよ」

「わたしが、どう行動するか？」

「ああ。そうしたらあなたは、あっという間にいろいろなところへ行って、葵さまや夕顔の君の死の真相を明らかにしてしまった。素晴らしいことだ」

紫乃はなんと言っていいかわからず、視線を彷徨わせた。

「それは、どうも」

――紫乃としては、ただ気になることを調べていっただけだ。

真相を明らかにしたといっても、二人の死はもう終わってしまったことで、証は何もなく下手人を捕らえられるわけでもなかった。阿古は邸を追放されることになったらしいが、夕顔の君を殺した証拠はどこにもなかったため、捕縛はされていない。

自分のやったことに意味があったかと考えた時、「はい」と言える自信は紫乃にはない。

「紫乃。あなたはいつだったか、やりたいことも将来の夢もなく、特に取り柄もない、と自分のことを評していたが……気になることをとことん追求できる行動力は、あなたの取り柄に他ならないのではないかな」

「え……」

「自ら行動し、自ら調べ、納得できる答えを得る。なかなかできることではないよ。この世界の女性であればなおさらだ」

「……」

紫乃はどこか呆然として源氏を見つめた。

（行動力……）

確かに、それは、紫乃が持っているものなのかもしれない。

今回、紫乃がしたこと——事件の調査は、何かを変えるようなものではなかった。

……だが、まったく価値がないことでもなかったのだろうか。

「あの、お兄さま」

「なんだ？」

「……式部少輔の事件や葵上さまや夕顔の君の死のように、物の怪の仕業にしか思えないような事件や、誰が犯人なのか見当がつかないような不可思議な事件は、きっとこの時代、多くありますよね」

「ああ、あるだろうね」

「それなら……そういう事件が起きた時、わたしが謎を解くために思考を巡らせることは、人の役に立つでしょうか」

紫乃のささやくような問いに、源氏は頷いてみせた。

「ああ、きっと役に立つだろう。紫乃には、紫乃にしかない知識や考え方がある。それに、ちょうど私は顔が広いからね。紫乃の知恵を求める者を見つけて、紫乃に取り次ぐことができるから、あなたが知恵を役立てる機会はあるだろう。式部少輔の事件の時のようにね」

しかも都合のいいことに、式部少輔の事件のときに、「謎は二条院の姫君が解いた」と喧伝してある——源氏はそう言って少し笑った。

紫乃は唖然として呟く。

「……まさか、お兄さまはあの時から、こうなることを予測していたんですか？」

「そんなわけないだろう。ただの偶然だよ。私の人生は割合、私に都合よくできているからね」

「説得力がすごい」

さすがは光源氏といったところか。紫乃は思わず笑ってしまう。

「それで、あなたが私のことを想ってくれるようになれば嬉しいのだけどね。私にとってあなたはもはや、藤壺さまの身代わりなどではなく、源紫乃として他に代えがたい存在になった」

「いやあ、ないですね。わたしの好みは浮気をしない男です。それはお兄さまには無理でしょう。源氏物語の中のあなたは、もう本当にとんでもない浮気男だったんですよ」

「ひどいな、紫乃。以前、あなたはこう言っただろう。『この世界にわたしという異物が混入した時点で、何が起きても不思議じゃないような気がする』と。……ならば私があなたに一途な男になる可能性だってあるのでは？」

「じゃ、そうなったら考えますよ」

つれないな、と苦笑する源氏に、紫乃は笑った。

――紫乃の知恵を求める者を、源氏が紫乃に紹介し、紫乃がその謎を解く。

それはまるで、紫乃が光源氏を助手とした探偵になるということのようで、胸が弾む。

（名探偵と名乗るには、頼りなさすぎるかもしれないけど）

絶世の美男を助手にする探偵なんて、きっと物語でもそうそういないだろう。

自分にしかできないことを本気でやれば、きっとこの先人生がつまらないなどと思うこともなくなるはずだ。

だからこれからも、光る君と謎解きを。

本書は書き下ろしです。

この物語はフィクションです。作中に同一の名称があった場合でも、
実在する人物・団体等とは一切関係ありません。

参考

阿部秋生、秋山虔、今井源衛、鈴木日出男 校注・訳『新編 日本古典文学全集20 源氏物語1』小学館
阿部秋生、秋山虔、今井源衛、鈴木日出男 校注・訳『新編 日本古典文学全集21 源氏物語2』小学館
日向一雅 編『源氏物語と平安京 考古・建築・儀礼』青簡社
池上良太『図解 日本の装束』新紀元社
藤田勝也『平安貴族の住まい 寝殿造から読み直す日本住宅史』吉川弘文館
倉本一宏『平安京の下級官人』講談社現代新書
足立雍子「描かれなかった裳着儀礼 ―源氏物語 紫の上の場合―」埼玉女子短期大学研究紀要 第43号
風俗博物館～よみがえる源氏物語の世界～ https://www.iz2.or.jp/top.html

宝島社
文庫

光る君と謎解きを　源氏物語転生譚

（ひかるきみとなぞときを　げんじものがたりてんせいたん）

2024年1月25日　第1刷発行

著　者　日部星花
発行人　蓮見清一
発行所　株式会社 宝島社
〒102-8388　東京都千代田区一番町25番地
電話：営業 03(3234)4621／編集 03(3239)0599
https://tkj.jp
印刷・製本　中央精版印刷株式会社

Printed in Japan
ISBN 978-4-299-04886-8